Black Opal
オパール文庫

身代わりの執愛

山野辺りり

プランタン出版

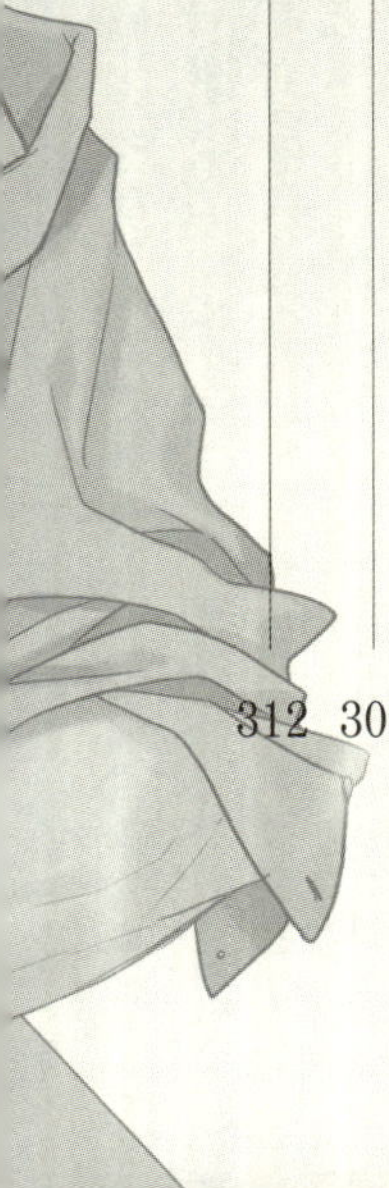

※本作品の内容はすべてフィクションです。

プロローグ

目覚めた瞬間、予想外の事態に陥っていたとしたら、迅速かつ正確に動き出せる人間はいったいどれだけ存在するだろう。

普通は呆然とし、何も手につかなくなるのではないか。

ましてそれが、これまで一度たりとも直面したことがない窮地だとしたら、尚更である。

二日酔いの残る不快な朝。羽田美幸《はたみゆき》は悲鳴も上げられず硬直していた。

重い肌の感触は化粧を落とさず眠ってしまった証だ。いつもの自分ならあり得ない失態。頭痛と吐き気で自己嫌悪がぐるぐる回る。

学生時代から生真面目で、およそルールを破ることなく生きてきた。友人や会社の同僚からは、もっと肩の力を抜いて気楽にやればいいのにと助言されることもある。けれど性分だから仕方ない。

外で醜態《しゅうたい》を晒《さら》すほど深酒することも、大騒ぎして終電を逃したこともない。ごく普通に慎ましく、それでいて頼られることが多い人生。話には聞いていたが、二日酔いなどこれが初めてだった。

眼を開ける前から最悪な一日の始まりを予感し、美幸が苛立たしく溜め息を一つ吐き出して、いざ瞼《まぶた》を押し上げると——

見知らぬ部屋。

裸の自分。

隣に眠る、これまた一糸纏《まと》わぬ男。

下腹部に残る気怠さ。

何があったか悟れないほど、美幸も子供ではない。状況証拠が揃いすぎている。だがしかし、素直に事実として呑み込むことはできなかった。

そもそも自分は貞操観念が緩い方ではないのだ。むしろ世の平均に比べて経験値は低く、固いと思う。これまで交際した相手はたった一人。当然、そういう関係になったのも、唯一『彼』だけだ。

高校の卒業式の日に手痛い失恋を経験して以来、恋愛事を遠ざけた大学生活を送り、努力を重ねて憧れの会社に就職を果たし、四年間一所懸命働いてきた。おかげでそれなりの仕事を任されるようにもなっている。

充実した毎日だ。合コンの誘いなどには乗らないことで陰口を叩かれても、ちっとも気にならなかった。恋人なんて今の美幸には必要ない。自分を手酷く振った『あの人』を見返すために、夢を叶えていい女になろうと決めていたからだ。

それがどうしてこんなことになっているのか。

痛む頭で記憶を探っても、一向に思い出せない。むしろ頭痛が増すばかりである。

「……どうして……」

まさか酩酊《めいてい》し、ホテルに連れ込まれてしまったのだろうか。見回せば、とても格式高い部屋だと分かる。

大きく寝心地のいいベッドに広い寝室。調度品は高級感と重厚感に溢れている。おそらくスイートなど、グレードの高い客室であることは、間違いなかった。

しかし問題は部屋の良し悪しなどではない。ここに至った経緯である。

美幸は額に手を当て、ゆっくりと身体を起こした。すると身じろいだ刹那《せつな》、体内に甘い疼《うず》きが走る。まるで、ついさっきまで淫《みだ》らな行為に耽《ふけ》っていたことを知らしめるように。

「……っ」

実際、明け方近くまでそういうことをしていたのかもしれない。

美幸の肌は汗ばんでいたし、脚の付け根には何かが挟まっているかのような違和感があった。

だが揺るぎない現実を突きつけられても、未だ現状を受け入れられずにいる。

何をどう考えても、自分が軽はずみに男性の誘いに乗るとは思えないのだ。そういった関係に発展しそうだった相手もいない。だとすれば、行きずりの人と勢いで——という解答に辿り着いてしまうが、それも信じられなかった。

——あの人以外と親密に触れ合えるわけがない。考えたくもない。だって私は——彼を忘れていないもの……

だからわけが分からないまま、美幸は混乱の極致の中で必死に記憶を掘り起こしていた。

昨日は、金曜日。いつも通りに仕事を終え、月に一度の残業禁止のお達しに従い定時退社したはず。それから——

不意に脳裏によみがえったのは、二人分の荒い呼吸。絡み合う手足。淫らな喘《あえ》ぎと、揺さ振られ、掻き回される快楽——

「……やっ……」

叫び出しそうになり、美幸は咄嗟《とっさ》に自らの口を両手で塞《ふさ》いだ。

眠る男が微かに声を漏らす。枕や掛け布のせいで、顔はよく見えない。いや、凝視する勇気が美幸にはなかった。

怖々横目で確認するのが精いっぱいで、彼の長い睫毛《まつげ》が震えた瞬間、身を強張《こわば》らせる。

手足は冷え切り、全身に冷たい汗が浮かんだ。

誰か悪い夢だと言ってほしい。いっそのこと『ドッキリでした』と笑いながら大勢の人間が雪崩《なだ》れ込んでこないだろうかと期待してしまった。

しかしそんなことが起こるはずもなく、室内にいるのは紛れもなく美幸と男だけである。それどころか自分の胸元に散る無数の赤い痕に気がついて、美幸の意識が遠のきかけた。幾つものキスマークが、白い肌に残されている。乳房は勿論、二の腕や腹にまで及んでおり、自分の身体を見下ろすほど絶望感は増していった。もはや言い逃れはできない。昨晩、間違いなく何かはあった。いくら認めたくなくても、揺るぎない証拠が現実逃避を許してくれない。

美幸は泣きたい心地で、ひとまず脱ぎ捨てられた衣服を視線で探した。

あちこちに点々と放置された服と下着は、昨夜の余裕のなさを物語っている。ハンガーにもかけられず、きっと皺《しわ》くちゃになっているだろう。そんな心配をしてしまうのは、冷静だからでは決してない。むしろ本当に向き合うべき問題から逃げ出したいからに他ならなかった。

つまりは、一夜を共にしてしまった相手はいったい誰なのか。

これこそが最も重大な難題である。

カラカラに干上がった美幸の喉が、嫌な音を立てた。それが呻《うめ》きだと気がつくには、数秒を要したかもしれない。何もかもが現実感に乏しく、意識と身体が乖離《かいり》してしまっているからだ。

――もし、会社の同僚だったら、これから先どうすればいいの……？　いいえ、全く知らない人だとしても、それはそれで怖すぎる……

動揺のあまりまるで頭が働かない。だがこのまま時間が過ぎるのを待っても何一つ解決しないことだけは理解していた。故に覚悟を決め、美幸は震える手を伸ばす。

「ん……」

「……っ！」

低い声。耳に心地よい美声。言葉にもならない小さく掠《かす》れた声音は、それでも昨晩散々耳にした男のものと、完全に同じだった。

艶めかしく、切なく響いた音。まるで本当に恋しい女を抱いているかのように、甘く優しく美幸の肌に染み渡った。

名前を呼ばれ、『可愛い』と囁《ささや》かれ、甘く蕩ける囁きに、もっと名を呼んでとせがんだ記憶がよみがえる。むしろ積極的にこちらから求め、劣情のまま淫らに分かち合った熱。いやらしく腰を振り、本能のまま快感だけを追っていた。

「……嘘……私が、そんなこと……」

いくら酔っていたとしても、何故美幸が恋人でもない男に簡単に身を任せたのか。あり得ないはずのことが起こった原因は――

彼が、寝返りを打つ。晒されたその顔に、美幸は眼を見開いた。

「光次《こうじ》……っ」

今ここに、絶対にいるはずのない人。もう二度と会うことはないと諦め、その通りになってしまった相手。今更、どんなに会いたいと願っても叶うはずがなく、忘れられないただ一人の人が、眠っていた。

高校の卒業式当日、美幸を振った同級生。

人生で初めてできた彼氏。あれ以来、誰とも付き合ったことはない。そんな気持ちになれないほど、彼のことが本気で好きだったのだ。

十代の幼い恋として切り捨てるには鮮やかすぎる思い出と痛みが、美幸の胸を刺す。まだこんなにも鮮明に覚えている。そして、過去のこととして割り切れないほど囚われているのだと、改めて思い知った。

生まれ故郷を離れ、がむしゃらに頑張って来られたのは、失恋の痛みをバネにしてきたことが大きい。いつか彼が自分を捨てたことを後悔するほど、いい女になって見返してやりたいと願ってきたからだ。

最後に会った日、『他に好きな子ができた』と言って眼も合わせてくれなかった彼に背を向け、泣きながら家に帰った記憶は、たぶんこれからも美幸の胸の中から消し去ることは不可能だろう。

本当に、心の底から大好きだった。キスも肌を重ねたのも、彼が初めて。そして最後だった。

その唯一の人が、自分の傍らで眠っている。

高校時代、バスケットボール部に所属していたせいか、今も身体つきはがっしりとし、引き締まっていた。長い睫毛が作る陰影もそのまま。形のいい唇は少し厚く、鼻筋は日本人の平均よりやや高い。男性的な眉に、程よく日に焼けた肌。

眼を閉じたままでも、昔と同じ整った顔立ちだと分かる。むしろ当時より髪が伸び、額に落ちかかっているのが大人の色気を醸《かも》し出していた。過ぎた年月の分だけ、より一層魅力的になっている。きっと、女性たちを惹きつけてやまないだろう。

かつては少年らしさを残していた頬は、すっかり成熟した男の鋭角さを宿していた。十代の頃でさえ、何人もの少女を虜《とりこ》にし、クラスの中心的人物だったことを思い出す。明るく優しくてスポーツマンの彼に、皆が夢中だった。美幸も、そのうちの一人。

真面目で、どちらかと言えば地味なグループに所属していた自分には、遠い人だと思っていたのだ。憧れていることも、恥ずかしくて気づかれたくなかった。本当なら、ただの同級生として終わるところだったに違いない。

それでいいと、美幸も思っていた。変わったのは、光次から話しかけてくれたからだ。

夕暮れの教室。偶然訪れた二人きりの時間。『委員長は、いつもその雑誌を読んでいるね』始まりはそれだけ。鮮やかな思い出が、つい昨日のことのように思い起こされた。

——でも、違う。光次のはずがない。だって彼は——

死んだのだから。

別れを告げられた日以来、会ったことは一度もない。連絡先も、消してしまった。

年に一回届く同窓会のお知らせへの返信は、いつも『不参加』。美幸にとって懐かしい友人たちと顔を合わせる喜びよりも、彼と再会してしまう恐れの方がずっと大きかったためだ。

まだ、笑って挨拶《あいさつ》できるほど傷は癒えていなかった。八年前のまま、相変わらず鮮血を流し続けている。好きだから。簡単に心変わりできるほど、自分は器用じゃない。いくら別れを宣告されても、本気の恋を断ち切ることはずっとできなかったのだ。

霞《かすみ》がかかっていた昨晩のことが思い出される。美幸の中でこんがらがっていた記憶の糸が、ゆっくり解けていった。

1　過ちを犯した夜

「ねぇ、美幸でしょう？　久し振り！　私のこと覚えている？」

駅前で声をかけられた時、美幸は一瞬本当に相手が誰なのか分からなかった。

残業なしと定められている月に一度の金曜日。定時に退社した美幸は家路を急いでいた。

就職した当初から借りている部屋の最寄り駅の改札をくぐり足早に歩き始めた時、急に見覚えのない女性に声をかけられ、足を止めて瞬く。

ただ親しげに手を振る仕草に、懐かしさを刺激された。

「え……もしかして、千夏《ちなつ》？」

「そうだよぅ！　私、結婚して二か月前からこっちに引っ越してきたの。美幸もこの辺に住んでいるの？　すごい偶然！」

はしゃぐ彼女は、高校時代の友人だった。特別仲が良かったわけではないけれど、何度か本の貸し借りをしたこともある。おっとりと喋《しゃべ》る、穏やかな気性の少女だった。

「驚いた……眼鏡をかけていなかったから、すぐには分からなかったわ」

「ああ、私あの頃、大きなやつをいつもかけていたものねぇ。大人になってからは、コンタクトにしたんだよ。ね、それよりも美幸の方が垢抜けていたから、私びっくりしちゃったよぅ」

自分も仕事帰りだと言う千夏は、八年振りの再会を喜んでくれた。

「会えて嬉しいなぁ。美幸ってば雰囲気変わっているから、別人かと思って声かけるのを躊躇《ためら》っちゃったよ。でも勇気出して良かったぁ」

「私も、千夏に呼び止めてもらわなかったら、気づかなかったかも……それにしても、こんなところで会うなんて、すごい偶然だね」

「本当！　奇跡に等しいよ。ねぇ、今時間ある？　せっかくだから再会を祝してご飯でも食べに行かない？」

「え、でもさっき結婚したって言っていたじゃない？　旦那さんはいいの？」

夕食を誘ってくれるのは嬉しいけれど、二か月前に結婚したのならまだ新婚と言えるだろう。相手の都合は大丈夫なのかと心配になる。すると千夏はにっこり微笑んだ。

「今夜は夫の帰りが遅いの。それで本当は適当に買って済まそうかと思っていたんだけど、美幸が一緒に食べてくれるならその方がいいよぉ。それにまだこの辺のお店に詳しくないから、案内してくれたらありがたいなぁって打算もあるよ！」

「もう。さてはそれが本音でしょ？」

断る理由が特にない美幸は苦笑し、近くにあるレストランに彼女を案内した。

駅前の賑やかな通りから一本奥に入った立地は、知らないと見落としてしまいそうな小さな間口の店が並んでいる。その中の一軒が、美幸の行きつけだった。手頃な値段でイタリアンを提供してくれる、隠れ家的なお気に入りの店だ。

タイミングが良かったのか、金曜日のディナータイムでも待つことなく店内に通された。

「――いやぁ、それにしても本当に変わったねぇ、美幸。噂ではアパレルに就職したと聞いていたけど、一度も同窓会に来てくれないんだもん。どうしているのかなって皆気にしていたよ。全然地元に戻っていないって、本当？」

席に着くなり身を乗り出した千夏は、朗らかに唇を綻《ほころ》ばせた。

「色々、忙しくて」

運ばれてきた水を一口飲み、曖昧《あいまい》にごまかす。本当のことは、語りたくない。級友に会えたことは嬉しかったけれど、美幸は少なからず動揺もしていた。

考えてみれば、昔のことは『切り捨てた』のも同然だからだ。過去の自分を、リセットしたかったのかもしれない。十八歳までの美幸は、全てを置いてあの町を離れた。少なくとも気持ちの上では、遠ざけていたように思う。

「そっかぁ。都会でバリバリ働いているんだもんね。でも私、美幸が服飾に興味があるなんて知らなかったから、驚いちゃったよう。もっと、何て言うのかな……お洒落《しゃれ》とかより他の道に進むものだと思っていたの。例えば事務職とか」

「私、地味だったものね」

美幸が苦笑しながら答えると、千夏は慌てて両手を顔の前で振った。

「あ、ごめん。嫌味じゃないよぉ。ただ美幸は私と同じで、キラキラ系の女子力高めグループじゃなかったから……あ、これも感じ悪く聞こえちゃうね」

「ううん。実際、制服を着崩したり化粧をしたりなんてしていなかったもの」

スカート丈の規定は守っていたし、校則を破るなんて美幸にはハードルが高すぎた。教師にとっては、従順で成績がよく、さぞや扱いやすい生徒だっただろう。

「えっと、だからファッション業界で働いているのは意外だなぁって思っていたの。でもこうして見ると、美幸お洒落だし綺麗になったねぇ。本当はセンスが良かったんだなって、私今驚いているよ。昔は隠していたの？」

「そういうわけじゃないけど……」

別に、趣味や嗜好を隠していたつもりはない。ただ、ルールから逸脱するのが怖かっただけだ。

違反をしてまで自己主張する強さなど、当時の美幸は持ち合わせていなかった。本音では、髪を染めたり流行りのメイクで武装したりするクラスメイトを羨ましく思っていたけれど、親や学校に叱られることを思えば、二の足を踏んでいた。

他人の眼が怖かったのだと思う。

生真面目故に羽目を外すのは、簡単ではなかったのだ。

だからいつもこっそりファッション誌を買い、一人で楽しんでいた。最先端の服を着て華やかに装った自分を妄想し、満足していたのだ。考えてみれば随分暗い娯楽だけれど、高校生の美幸には充分刺激的な息抜きになっていた。

きっと親や親しかった友人でさえ知らない美幸の秘密。

誰にも打ち明ける気がない秘かな憧れ。将来は、こういうお洒落でドキドキするものを扱う仕事に就いてみたい。そんな夢を、ひっそりと育んでいた。

そんな仄かな希望に気づいてくれたのは、たった一人だけ。

今も耳に残る声が、ふとよぎる。――「委員長は、いつもその雑誌を読んでいるね。好きなの？」――オレンジ色に染まった思い出が胸を締めつけた。

それまで言葉を交わしたことはほとんどないのに、「いつも」と言われるほど特定の雑誌を愛読していることを気づかれていたのか。人前では取り出さないよう気をつけていたつもりが、まさか彼に見られていたとは思わなかった。

高槻《たかつき》光次。いつもクラスの中心にいる人気者。整った顔立ちに明るく優しい性格、更にスポーツ万能とあっては、モテないはずがなかった。いわばキラキラ系のど真ん中にいる彼に突然話しかけられ、驚き絶句してしまった十七歳だった自分。

甘く痛い思い出に苛まれ、美幸は緩く頭を振って記憶を押し込めた。

「……どちらかと言えばダサかった私が、ファッションに興味があると知られるのが恥ずかしくて……」

「えー？　今の美幸を見たら、納得だけどね。能ある鷹は爪を隠すだねぇ！」

今日の格好も素敵だと千夏に褒められ、嬉しくなる。ずっと頑張ってきた甲斐《かい》があったと思えた。

――少しは光次を見返せるようないい女になれたかな……？

面影をほんの少し思い返すだけでも、キリキリと胸が痛んだ。いつかは甘酸っぱい恋として自分の中に飾っておけるのだろうか。今はまだ、見返すのが辛くて取り出すこともできないけれど。

「――ところで、去年の同窓会にも美幸はこなかったでしょう？　後から聞いて、あの話はショックだったんじゃない？」

「あの話……？」

運ばれてきたサラダを取り分けながら、千夏が眉尻を下げた。突然振られた話に美幸が首を傾げると何かを察したのか、気まずげに眼を逸らす。

「……私また余計なことを言っちゃったかもぉ……え、本当に聞いていないの？　誰からも？」

「こっちに来てから、誰とも連絡を取っていないし、アドレスも変えちゃったから」

卒業式の日以来、過去と決別する勢いで前だけ向いて生きてきた。それくらいしないと、失恋の痛手から立ち直れそうになかったためだ。とは言え結論から言えば、そんな努力も虚しく完全に立ち直ったとは言えない。

「……そうなんだぁ……じゃあ、知らないんだね……高槻君が……その、事故で亡くなったこと……」

「……え？」

頭が真っ白になるとは、たぶんこんな時に使うのだろう。それくらい、美幸は思考停止してしまった。

確かに耳が捉えたはずの言葉が、意味をなさない。右から左に通過して、そのままこぼれ落ちたみたいだ。けれど残響のように、不吉な音だけが雑音として尾を引いていた。

「……事故で……亡くなった……？」

自ら繰り返しても、まるで理解できない。

冗談と笑い飛ばすこともできず、美幸が手にしていたフォークが皿とぶつかり、耳障りな音を立てた。

「あ……」

「うん。去年の同窓会の一か月前に……突然の話だったから全員びっくりしていたし、あの時の話題はそれで持ちきりだったよ。私、てっきり美幸は知っているんだと思っていた……だって、二人付き合っていたでしょう?」

窺うようにこちらを見る千夏の様子から、とっくに別れたことも知っているのだと伝わってきた。それも当然かもしれない。確か彼女も、光次と同じで地元進学組だった。自分たちが高校の卒業式の日に破局したことは、すぐに知れ渡ったに違いない。

もともと釣り合いの取れていないカップルとして、嫉妬《しっと》ややっかみもあったから、噂になったことは想像に難くなかった。

だがそんなことはどうでもいい。

今の美幸には、他のことを考える余裕など微塵《みじん》も残されてはいなかった。

――死んだ……? あの人が……嘘……

千夏がこういう嘘を吐く性格でないことはよく知っている。質《たち》の悪い冗談を言うタイプでもない。だいたい今夜こうして再会したのは、ただの偶然だ。

美幸と光次の仲がとっくに終わっていると知っているからこそ、共通の話題として口にしたのだろう。そこに、悪意の類は一つもない。

しかし美幸に衝撃を与えるには、充分すぎるほどの内容だった。

「美幸、大丈夫？　顔色が悪いよぅ……」

心配してくれる彼女の声が遠くで響く。店内の喧騒は聞こえない。まるで水の中に沈んでいくよう。音も光も、深海までは届かない。

息ができずに喉が震える。苦しくてもがいた指先がグラスを倒したが、流れる水に服が濡れても拭こうとさえ思いつかなかった。

何も、何一つ考えられない。美幸は瞬きさえままならず、千夏の呼びかけに応えられなかった。

――光次が……もう、この世にいない……

たぶんこの先も会うことはないだろうと覚悟していた。だが、『会わない』のと『会えない』のは全く意味が違う。前者は己の意思。意地やプライドと言い換えてもいい。けれど後者は。

付き合ってくれと告白してくれたのは、彼からだった。

雑誌をきっかけに、時折放課後に話すようになって、いつしか二人で過ごす時間が増えていた。それでも、過分な期待を抱く気なんて、美幸にはなかったのだ。

仄かに憧れてはいても、自分など光次に相手にされると思ってもみなかった。それが「好きだ」と告白され、交際を申し込まれた時が人生の絶頂期だったのかもしれない。

受験を控え、会えなくなった時期も、ずっと二人の仲は続くものだと信じて疑わず、遠距離恋愛をするつもりで、別れる選択肢など美幸には欠片もなかったのだ。

しかし彼は別の人に想いを寄せ、唐突に終わりを告げられた。あの日のことは、思い出すだけで今も胸が痛くて苦しい。辛くて、涙が止まらなくなるほど。

「ご、ごめんね。そんなにショックを受けるなんて思わなくて……」

「大丈、夫……少し、驚いただけ……」

美幸はどうにかそう絞り出すのが精いっぱいで、その後千夏とどんな会話をしたのか覚えていない。朦朧《もうろう》としたまま味のしない食事をし、店を出た後、普通に「またね」と手を振れたと思う。——表向きは。

だが心の中は、ぐちゃぐちゃに乱れていた。

たいしてアルコールを飲んでもいないのに吐き気が止まらず、戦慄《わなな》く指先でスマートフォンを操作したのは無意識。

便利な端末は、彼の名前だけですぐに事故の記事を見つけ出してくれた。ごく小さな扱いは、大きなニュースではないということなのか。人ひとりが亡くなっていても、毎日沢山起こる事件や事故、災害のせいで、あっという間に情報は押し流されてしまう。

あまりテレビを見ない美幸の眼に留まらなくても、何ら不思議ではなかった。

約一年前の日付で掲載されていたのは、バイクと車の接触事故。信号無視をした車と衝突し、バイクに乗っていた光次は帰らぬ人となったらしい。

——二輪の免許を取ったんだ……欲しいって、言っていたものね……

当初は、軽傷だった車の運転手側が自分に都合よく証言していたそうだが、目撃者やドライブレコーダーの記録から、光次に非はないと認められたそうだ。普段から安全運転だったと友人たちの声もあったという。

光次らしい。彼は独りよがりな行動で他人に迷惑をかけることを嫌っていた。無謀な運転などするはずがない。そんなところは大人になってからも変わっていなかったのだろう。

「ああ……」

真実なのだと、掠れた声が漏れた。それでも、無機質な文字の羅列だけでは現実味が全く湧かない。白黒で載せられた写真は画質が悪く、ひょっとしたら別人なのではと疑うほどだった。

けれど残酷なほど高鳴る胸が、間違いなく被害者は光次なのだと叫んでいた。

昔と同じ短髪。優しそうな目尻。性格の温厚さが滲《にじ》み出たような顔立ち。

小さな顔写真にしつこく見入り、学生時代より大人になったことを実感する。同時に、昔と変わらない優しげな雰囲気も見て取ってしまった。

最後に顔を合わせたのは、別れを切り出されたあの日。

あれ以来苦しげに逸らされた横顔ばかりが脳裏にこびりついていたが、今美幸の頭には楽しかった思い出が一気に溢れ出した。

告白されたこと。初めて手を握った帰り道。デートで観た映画。応援に行ったバスケットボールの試合。可愛いと言ってくれた声。触れた唇の温度。硬く滑らかな肌の感触——忘れようとして、それでも忘れられなかった無数の甘い記憶に襲われる。あまりに激しい奔流《ほんりゅう》に、立っていられなくなった美幸は、路地裏の壁に手をついた。

眩暈《めまい》がする。吐き気が止まらない。溢れる涙で視界が滲み、戦慄く膝では身体を支えていられなかった。通り過ぎる人が奇異の眼でこちらを見ていたが、ちっとも気にならない。何もかもが遠い出来事のようで、どうでもよかったからだ。

——元気でいてくれると思っていたのに——

新しい彼女と、幸せにやっているのだと信じていた。心変わりされたとしても、恨むつもりなんてまるでない。悲しかったけれど、彼の幸福を祈れるくらいに、付き合っている間は大切にしてもらっていた。

だからこそ、二度と会えなくても心の支えになっていたのだ。

けれど大好きだった光次はもうどこにもいない。

心の芯を失った心地に嘔吐感が増した。

きっと、今は無理でも数年後、数十年後には笑って会えると期待していたのかもしれない。いつか燻《くす》ぶる恋心を鎮火して、一歩踏み出せると心のどこかで信じていた。

その未来が完全に絶たれたから苦しい。

行き場のなくなった恋情を抱え、息もできない。呼吸の方法さえ分からず、美幸はその場に蹲《うずくま》った。

——ああ……今は仕事が忙しいから、他の人に眼が向かないのだと自分をごまかしてきたけれど——

まだこんなにも好きだ。我ながら執念深い女だとうんざりするが、もう隠せない。整理など微塵もできちゃいない。

本当はずっと、色褪《あ》せることのない想いを秘めていた。八年経っても尚、美幸の胸の真ん中には光次だけが住んでいる。そんな簡単なことに今更気がついてしまうなんて、滑稽《こっけい》でしかなかった。焦がれる相手は、既にいないのに。

本当に会えなくなったのだと知って、指先の震えが止まらない。もう『勇気が出たら』とか『忘れられたら』という機会を待つこともできない。そんな資格さえ、自分は失ってしまった。妙な意地に拘《こだわ》るあまり、再会する時機を逸してしまったのだ。むしろ自分で手放したのだと思い至り、胸が抉《えぐ》られるように痛む。

こんなことなら、恥を忍んで会いに行けばよかった。いや、別れたくないと縋《すが》ればよかったのだ。

己のプライドに固執してぶつかることを避けた美幸は、恋の残骸を処分できず、埋もれているだけ。前に進む振りをして、問題の本質から眼を背けていたに過ぎない。

その結果がこれなのだと思うと、息が詰まって胸が軋《きし》んだ。

きちんと終わらせなかったが故に、おそらく美幸はこれから先も壊れた恋を抱えていくのだろう。容易に想像できる未来に、絶望感が募った。

「……っぐ……」

こみ上げる叫びや涙を飲み下そうとして俯《うつむ》いた美幸の視界で、長く伸ばした髪の先が揺れた。

高校時代は真っ黒でストレートだった髪は今、焦げ茶に染められて緩くパーマがかかっている。彼が好きだと言ってくれたから、ずっと切れなかった。色や形は変わっても毛先を整える程度しか長さを弄《いじ》ってこなかった理由は一つだけだ。

いくら『私も長い方が好き』『ショートカットはメンテナンスが大変』と言い訳しても、本心の全てではない。

光次が触れ、似合うと囁いてくれたものを、損ないたくなかったからだ。か細い繋がりでも、自己満足でも残しておきたかった。そんなことさえ理解していなかった自分が悲しい。

見苦しいほどの未練が形になった髪を眼にして、美幸は低く呻いた。

「光次……っ」

思えば、その名前を口にしたのは八年振りかもしれない。数えきれないくらい彼のことを思い浮かべてはいても、音にすることは避けていた。己の耳に届けば、冷静でいられなくなると悟っていたからだ。

案の定、気持ちが決壊し、涙が止まらなくなる。嗚咽《おえつ》を噛み殺すことも叶わず、美幸は肩を震わせた。

他人に無関心な都会が、こんな時はありがたい。おそらく今知らない人に労《いたわ》られても、まともな受け答えなどできそうもなかった。しゃがみ込んだまま顔を伏せ、思う存分泣く。美幸の瞼が腫れ上がり、身体中の水分が流れ出てしまうほどの時間が過ぎてからふらりと立ち上がったことに、理由はない。

家に帰ろうという意識もなかった。ただ、この場に留まっていることに疲れただけだ。すっかり強張ってしまった膝を叱咤《しった》して、ぎこちなく脚を交互に前に出す。

ここから美幸の住んでいるマンションまでは徒歩で十五分。だが進んだ方向は真逆で、住宅街ではなく、沢山の飲食店が立ち並ぶ繁華街のもっと奥だ。

いつもならあまり立ち入らない場所だから、「その店」の扉を開いたのは眼についたからとしか言えない。いや、見えていたかどうかも曖昧だ。何も考えず、手近にあった店に入ったという方が正確だろう。

重厚感のある入り口に、絞られた照明。カウンター席とテーブル席は四つだけ。狭い店内には、聞き覚えのない洋楽が流れていた。

通常なら、ふらりと一人で入るには勇気がいる雰囲気だ。常連客らしき人たちの視線がこちらに向けられる。だが年配の男性客らはじろじろとこちらを値踏みする下品な真似はせず、すぐに美幸に興味を失ったらしい。客筋がいいのだろう。

誰もが皆、それぞれ自分の時間をゆっくりと楽しんでいた。

「いらっしゃいませ」の言葉につられ、カウンター席に腰かけたことまでは覚えている。適当に注文し、杯を重ねたことも。だがせっかくのカクテルは、味は勿論色さえ記憶にない。

飲むというより流し込む作業に終始した美幸は、己の限界値を超えた量の酒を呷《あお》り、テーブルに肘をついた。組んだ手の上に額を乗せ、空っぽになった心の隙間をアルコールで埋める。

余計なことを話しかけてはこないバーテンダーが、こちらを気にしてくれていたことは気がついていた。けれど反応を返せる余裕は、精神的にも肉体的にもなかったのだ。

きっと、酷い顔をしていたのだろう。化粧も剝《は》げていたに違いない。しかしそれさえ些《さ》末《まつ》なことでしかなかった。考えること自体が億劫《おっくう》で、余白を駆逐するためだけに酒を飲み続ける。

光次がこの世にいない現実を、忘れるために。

そうして意識が濁り始めた頃、一人の男性に声をかけられたのだ。

「――それで最後にした方がいい。明日の朝、後悔する」

お代わりをするつもりで、美幸が空になったグラスをバーテンダーに突き出そうとすると、隣から伸びてきた手にやんわり止められた。

長い指先に、整えられた爪。手首から覗くシンプルでありながら高級感漂う時計。そこから視線で辿ってゆけば、仕立てのいいスーツを隙なく着こなす男がこちらを見つめていた。

いつの間にか、隣に座っていたらしい。

すっかり酩酊したせいで、上手く焦点が合わない。ただ、咄嗟に男の手を振り払えなかったのは、低い声があまりにも『彼』に似ていたからだ。

「……誰?」

「俺が誰かなんて、関係ない。今夜の君は、少々飲み過ぎだと思う」

大きなお世話だと思わなくもなかった。無関係な人間に、今の美幸の苦しさなど分かるはずもないのだから。それなのに、どうしても無視する気にはなれなかった。

薄暗い照明の下では、男の顔はよく見えない。数度瞬きして、どうにか眼を凝らす。すると、眼前に水が入ったグラスを差し出された。

「飲みなさい。そんな調子じゃ、まともに歩けもしないだろう」

「……あり、がとう」

冷えたグラスを素直に受け取ってしまったのは、やはり声が光次と酷似していたからだ。あの人とは喋り方が違うけれど、こちらを心配し気遣ってくれるところは、美幸に懐かしい過去を思い起こさせた。

「何があったか知らないが、女性一人で前後不覚になるほど外で酔うのは、褒められたことじゃないな。この店は質の悪い輩はいないからまだいいが、他の店ならよこしまな目的を持った奴に連れ帰られても不思議はないぞ」

「……別に、いい」

「え？」

本来ならありがたい忠告も、今の美幸には煩《わずら》わしい。仮に成り行きでどうにかされたとしても、どうだってよかった。

一瞬でもこの苦しさを解消できるなら、手段は選ばない。

そんな自棄っぱちさこそ、酔っているせいだと言われればその通りで、美幸は喉を通過する水の冷たさに眼を閉じた。すると、僅《わず》かに冷静さを取り戻す。大人の女性とは到底言えない己の行動を思い返し、美幸は自己嫌悪に沈んだ。

「……帰る」

「危なっ……」

高さのある椅子から立ち上がった瞬間、美幸はよろめいた。倒れ込まずに済んだのは、隣の男性が支えてくれたからだ。

がっしりとした腕に半ば抱き寄せられ、彼の胸に顔を埋める。その時、どこか懐かしい香りと感触に息が詰まった。

――光次……

声だけでなく、匂いや体形まで似ているとは、どんな皮肉だろう。かつての恋人が亡くなっていたと知ったその夜に、彼を思い起こさせる人と出会うなんて。

喜びより、戸惑いの方が大きい。

美幸は慌てて足を踏ん張り顔を上げ――硬直した。

改めて直視した男の顔に、初めてはっきり焦点が合う。長身の彼は、椅子に座っていても、立っている自分より頭一つ分視線が高い。美幸は見上げる状態で呼吸さえ忘れていた。

知っているのは、十八歳までの光次と、事故の被害者として掲載された一年前の写真だけだ。だから大人になった光次がどんな顔をしているのか、実際には分からない。

けれどあのまま年を重ね成熟した大人の男になれば、こうなるのではないかという姿がそこにあった。

鋭角的になった輪郭。洗練されたスーツ姿。伸びた髪は、品よく後ろに流されていた。

当時は少年っぽさを留めていた顔立ちは今、落ち着いた大人の魅力を宿している。

「……どうした？　何をそんなに見ている」

凝視してしまった自覚はある。不躾に、ジロジロと見つめてしまった。だがどうしても視線を逸らせない美幸は、強張った瞼を震わせることしかできなかった。

——生きて、いたんだ。亡くなったなんて、千夏の勘違いだったんだわ……

よく考えればそんなはずはない。美幸の中に微かに残った冷静な部分は、他人の空似だと叫んでいた。だが判断力が著しく低下している状態では、正しい答えに耳を貸すことは難しい。自分にとって都合がよく、心地いい妄想に心は傾いでいた。

「おい、大丈夫か？」

覗き込んできた瞳は、焦げ茶色。かつては柔和に細められていることが多かった瞳は、今夜は鋭く美幸を射貫いてきた。まるで試合中の彼を彷彿《ほうふつ》とさせる。バスケットボールの弾む音を聞いた気分になり、美幸は背伸びして眼前の男に抱きついた。

「……会いたかった……！」

絞り出した声は、切実さを孕《はら》んでいたと思う。嘘偽りのない本音は、自分でも真に迫っていた。

そのまま全力で縋りつき、彼の香りを胸いっぱいに吸い込む。鼻腔と共に、心も満たされていった。理性は相変わらず警告を発してくる。けれど覚えている匂いも声も、抱きしめた感触さえ光次と同じなのだ。

八年前までは当たり前に傍らにあった宝物を取り戻した気がし、美幸は男を抱く腕にますます力を込めた。

「……誰かと、間違っているのか？」

「間違ってなんていない。光次でしょう？　私が、貴方を見間違うはずないじゃない……！」

これまでの人生で、唯一愛した人なのだ。確信をもってそう口にしていた。

ようやく巡り合えた歓喜に、残っていた疑問が霧散してゆく。こんな場所に彼がいるはずはないし、偶然再会するわけもない。それ以前に光次は故人であるということが、美幸の頭からすっかり抜け落ちていた。

いや、忘れたかったのかもしれない。敢えて考えまいとし、涙を湛えた瞳で男を見上げた。

正面から至近距離で顔を合わせれば、少しだけ違和感もある。昔と比べ、酷薄《こくはく》そうな眼差しを彼がしていたからか。微笑みとはほど遠い表情で見下ろされ、悲しくなった。かつてはいつだって、柔らかく自分を見つめてくれたのに。——卒業式の日以外は。

「……そんな眼で見ないでよ……やっと、また会えたのに……私、本当はずっと後悔していた。光次の気持ちが私から離れたのだとしても、どうしてもっと取り戻すために頑張らなかったんだろうって……忘れられなかったよ、貴方以上に好きになれる人なんて、一人もいなかった……」

大学でも、就職してからも、忙しさを理由にして美幸は恋愛事から遠ざかっていた。他の異性と出会う度、彼への未練を自覚せずにいられなかった。そんな思いを赤裸々に吐露し、燻ぶっていた恋心が再燃する。

「……やはり酔いすぎだ。もう帰った方がいい。タクシーを手配してやる」

「嫌……！　今離れたら、きっとまた後悔するもの。お願い、どこにも行かないで。一緒にいてよ……！　二度も光次に突き放されたら、私は生きていかれない……っ」

男の双眸《そうぼう》に暗い光がよぎった気がしたが、確認するより早く後頭部を撫《な》でられていた。

「……そんなに、好きだったのか？」

「そう……んんっ」

頷《うなず》くより早く、唇をキスで塞がれていた。口内に滑り込んできた肉厚の舌が、美幸の舌に激しく絡みついてくる。強く吸い上げられ甘い痛みを覚えた。

昔の光次と交わした口づけは、たどたどしいものばかり。まだ十代で経験が浅く、お互い手探り状態だった。恐る恐る触れ合って、押しつけるだけの拙《つたな》いキスが精いっぱいだったのだ。

それが呼吸を喰らわれるほど荒々しく、技巧を凝らした口づけをされ、膝が笑った。思わず引きかけた身体を抱き竦《すく》められ、逃れることはできない。翻弄されるまま歯列を辿られ、上顎を擽《くすぐ》られて官能を引き摺《ず》り出される。口の中に性感帯があるなんて知らなかった。

甘い疼きに囚われて、美幸の全身から力が抜ける。同時に耳朶や顎を摩られて、体温が上がってゆく。鼻から抜けた声は、淫らな音になっていた。

「ふ、ぁっ……」

「……誘ったのは、君だ」

鼻を擦り合わされた瞬間、美幸は今度こそ自力で立っていられなくなった。耳に注がれた美声が艶めかしく、腰砕けになってしまったせいだ。

鼓動が走り、全身が汗ばむ。上気した頬は、燃えそうなほど熱く滾《たぎ》っていた。

大量に飲んだ酒の影響だけではない。眼の前の男に酔わされているのだと本能が理解していた。どうしようもなく魅了され、惹きつけられる。

腰を抱かれ密着すれば、泣きたくなるほどの安堵が湧き起こった。

「光次……」

「彼女の分も纏めて会計してくれ」

美幸の分も支払った彼に支えられて店を出て、タクシーに乗せられた。その間も離れず、指を絡ませ合って手を繋ぐ。どこへ向かっているのか問い質《ただ》す気にもならない。ひたすら再会できた喜びに浸り、それだけで充分だったのだ。

もともとお喋りではないから、会話がないことも気にならなかった。高校時代は専ら美

幸が光次の話に耳を傾けていたけれど、今夜の彼は随分寡黙だ。しかし、沈黙も苦痛ではなかった。

嬉しさ以外、何もない。感激に満たされ、考えられないし、考えたくなかった。無駄に口を開けば、この夢のような時間が壊れてしまう予感がし、どこか歪《ゆが》んだ現状を薄氷を踏む思いで維持し続ける。

だからホテルに到着しても、二人はろくに言葉を交わさなかった。

驚くほどラグジュアリーな部屋にチェックインし、内装の豪華さに眼を見張ったのは、一瞬。次の瞬間には背後から彼に抱きしめられ、腕の中で反転させられていた。

「待って……」

「待てない。——もう何年も待った」

では光次も美幸と同じ想いを抱えていてくれたのか。彼の方から別れを切り出したのに、と責めたくなる声には耳を塞ぎ、美幸は瞳を潤ませた。

「……嬉しい」

「——泣くな」

やや乱暴に目尻を拭われて、横抱きにされた。こんなことをされたのは初めてだ。高校時代だってお姫様抱っこなんてされたことはない。驚きと気恥ずかしさがごっちゃになって、美幸は思わず脚をばたつかせた。

「お、おろして……！」

「暴れるな」

運ばれたのは寝室。大きなベッドの中央におろされ、すぐさま覆い被さってきた男の真剣な面持ちに肌が粟立った。見下ろしてくる瞳は、完全に大人の男のものだ。幼さはもう、どこにも残っていない。滴るほどの色香に当てられて、美幸はごくりと喉を鳴らした。

先ほどのキスと同じで、これまでにない強引さに胸が高鳴る。美幸の服を脱がす彼の性急な手つきも、どこか新鮮だ。昔は余裕がないと同時にたどたどしく、可愛らしさのようなものが滲んでいた。

互いに十代で、幼かったせいだろう。必死のあまり、愛し合うというより何が何だか分からなかったという表現の方がしっくりくる。快楽うんぬんより、美幸は光次を受け止めることでいっぱいいっぱいだった。

それが今夜の彼は、全て委《ゆだ》ねたくなる包容力に溢れている。

手慣れていると思いたくはないけれど、こちらの反応を確認しながら肌を辿る手つきは、抗えない快感を呼び起こした。

圧を加えながら脇腹を撫で上げ、乳房の裾野を焦らしつつ愛撫する。既に美幸の下着は取り払われ、豊かな双丘がフルリと揺れた。赤く色づいた頂が卑猥《ひわい》で思わず眼を逸らすと、咎《とが》めるように軽く歯を立てられる。

「……っあ」

痛みはなかった。少し驚いて、戸惑っただけだ。しかしそれさえ胸の飾りをねっとりと舐められて、霧散してしまう。更に強めに彼の口内へ吸い上げられると、微かな痛苦と愉悦が折り重なり、余計に混乱した。

「あ……シャワーを浴びさせて……」

今更だが、一日働いた身体のままであることを思い出した。しかもしたたかに酔った後だ。女心としては、綺麗にしたい。

美幸が頭を起こすと、軽く額を押され、再び背中がベッドに沈んだ。

「駄目だ。あれだけ飲んだ後に危険すぎる。気になるなら、朝にでも俺が入れてやる」

「で、でも……」

そんな提案も、されたことはなかった。付き合っていた当時は高校生だったのだから、深酒した経験がないのは当たり前だが、一緒に風呂など想像したこともない。あまりにも淫らなことを言われ、美幸の頬に朱が走った。

「入浴は、一人でしたいの」

「……なんだ。一緒に入ったことはないのか」

「え？」

光次なら、当然過去のことは知っているはずだ。けれど不可解な呟《つぶや》きをされ、美幸は瞬いた。

見上げた視界には、忘れられない昔の恋人。八年の間に随分大人の男性に変貌《へんぼう》したけれど、声や香りは変わっていない。鋭くなった顔立ちにも、以前の面影はちゃんと残されていた。

それなのに、何かが違う。

チリッとした痛みが美幸の頭に走る。だが深追いするのが怖くて、抱いた違和感は奥底に押し込めた。

「……抱きしめて、光次」

「……ああ」

ジャケットとシャツを脱ぎ捨てた彼と素肌が重なる。身体が覚えている質感に、美幸の体内が潤んでゆく。干涸びていた心まで水分が浸透してゆくのが分かった。

「もっと早く会いに行けばよかった……」

そうすれば、こんなに辛い気持ちになることもなかったのに。

酒精《しゅせい》のせいか思考が纏まらず、求める人の腕の中にいるのに、泣きたくなるのは何故だろう。不思議と、悲しい。止まらなくなった涙は、彼が丁寧に吸い取ってくれた。

彼の唇が頬や目尻に触れる度、満たされてゆく。キスを乞えば言葉にせずとも、濃厚な口づけを与えてもらえた。

指を絡めて手を繋ぎ、頰やこめかみにも唇を受ける。お返しに美幸からもキスをすれば、どこか苦い笑みが降ってきた。

「……忘れられなかった？」

「うん……もしも時間を戻せるなら、簡単に別れたりしなかったわ……」

頰を撫でてくれる大きな掌に、美幸は自ら顔を押しつけた。温もりがじわりと沁み込む。伝わる熱が心地よく、もっとと頰を擦り寄せた。

「……皮肉だな。苛立つのに、嬉しいと感じるのも嘘じゃない」

また、意味が分からない台詞だ。けれど彼の指先で耳を弄られるのが擽ったくて、小さな疑問など掻き消されてしまった。

酒の味がするキスを繰り返し、火照る肢体をくねらせる。久し振りの性的な触れ合いに、美幸の身体は瞬く間に昂っていった。

もう枯れてしまったと思っていた疼きが、腹の底によみがえる。騒めく熱が、少しずつ広がってゆく。

震える太腿を左右に開かれ、恥ずべき場所を暴かれる羞恥《しゅうち》に小さな悲鳴を漏らした。

「……あんまり、見ないで……っ」

「それは無理な話だ。——綺麗だな」

どちらかと言うと、こんな時気の利いたことなど言えなかった光次なのに、吐かれた称贅は至極自然なものだった。それだけ、二人とも大人になったということなのだろう。僅かに寂しくもあるし、嫉妬もないわけじゃない。だが、再びこうして巡り合うためには、必要な時間だったのだと思えた。

きっと十八歳の美幸のままでは、受け止めきれなかった。

心変わりしたと言われ、自分のプライドを優先し逃げ出した子供のままでは、仮に彼が戻ってきてくれたとしても、素直に迎え入れられなかっただろう。

今だって、蟠《わだかま》りが一つもないとは言えない。それでも好きという感情が迸《ほとばし》って、立ち止まれなかった。

この夜を逃せば、本当に二度と会えない予感がしたからだ。

幻でもいい。焦がれた人の腕に抱かれて眠りたい。中途半端に終わった恋を、清算したかったのかもしれない。

「……あっ……」

蜜をこぼす花弁の縁をなぞられ、腰が震えた。

甘い喜悦が、ゾクゾクと背筋を駆け上がる。押し出された美幸の声は、淫らな色に染まっていた。

「敏感だな」

笑いを含んだからかいの言葉に、思わず眉を寄せた。会えなかった間に、何だか光次は意地悪になった気がする。悔しくなった美幸は、眼前にあった彼の高い鼻梁に軽く齧りついてやった。

「……なっ」

眼を見開いた彼の顔がおかしい。余裕を漂わせていた男を動揺させたことで、少しだけ溜飲《りゅういん》が下がる。やられっ放しは美幸の性に合わない。大人しそうに見えても、芯は強いのだ。

「ふふ……っ、そうやって眼を見開くと、昔の貴方と変わらないなって思う」

「……馬鹿にしているのか？」

「まさか！　懐かしくて、嬉しくなっただけ……」

あれから八年も経ったのだから、色々なことが変わって当然だろう。美幸だって成長したし、現実の壁にもぶつかった。あの頃の、理想だけを追いかけていた子供のままではいられないのだ。

光次も、たぶん同じ。

美幸の知らない八年間がある。変化してしまったことも、あるのかもしれない。だが変わらない片鱗を見つけ、心臓が締めつけられていた。

「ねぇ、覚えている？　貴方の試合を観戦に行った時――」

「昔のことは、今は聞きたくない」

淫らなキスで口を塞がれ、ふしだらな舌の動きに意識を奪われた。こちらを誘う舌先に惑わされて、頭が蕩けてしまう。思い出しかけていた記憶も、遠く霞んでいた。

言葉より雄弁な触れ合いで、想いが溢れ出す。一度決壊してしまうともう、押し殺すことはできなかった。こぼれる愛おしさに流されて、美幸も積極的に口づけに応える。

拙い誘惑で主導権を争い合い、結果負けたのは美幸の方だった。唇が腫れるほど濃密なキスに、敵うはずもない。

息を乱し大きく口を開けば、その分深く貪られる。唾液を絡ませる淫猥な音に、聴覚まで犯されていった。

「……お願い、もう死んだなんて言わないでね。私、嘘を吐かれるのが大嫌い」

しかも人の生き死にに関わる出まかせは、あまりにも酷い部類だ。二度と聞きたくないと懇願し彼を見上げる。すると返事の代わりに花芯を転がされた。

「……ん、ぁっ……」

「声、我慢するな」

恥ずかしさから唇を押さえていた手は、容易に引き剝がされてしまった。しかも指先を舐められ、爪一つ一つへ丹念に舌を這わされる。湿った肉厚の舌に嬲《なぶ》られた美幸の指先は、燃え上がりそうなほど発熱していた。

「や……っ」

掌や手首も吸われ、末端まで痺《しび》れる。性感帯とはほど遠いはずの場所が、とてつもない快感を運んできた。

それはおそらく、彼が眼を合わせたままだからだ。決して逸らされない視線が、美幸に注がれていた。睨《にら》むような鋭さで見つめられ、体内の火力が大きくなる。出口を求める炎は、美幸自身を焼き尽くしてしまいそうだった。

「甘いな」

「甘いわけない……っ」

むしろ汗をかいている分、塩気があるだろう。そう思い至り、尚更羞恥が募った。必死で自らの腕を取り返そうと引っ張っても、がっちり摑まれた手首は解放してもらえない。むしろ頭上に張り付けにされ、美幸は彼に向かい胸を突き出す体勢にされていた。

硬くなった果実が、淫猥に色づいている。そこへ感じる眼差しの熱さに、美幸の肌が汗ばんだ。

ただ見られているだけ。それでも、おかしいくらい気持ちも身体も昂っている。期待が膨らみ、速いリズムを刻んでいた鼓動が一層速度を増した。

「ね、ねぇ、名前を呼んで。再会してからまだ一度も呼んでもらっていない」

光次の声で音にされる自分の名前が美幸は好きだった。別段変わったものではないけれど、彼に呼ばれるだけで特別な宝物になれた気がしたからだ。あの感覚をもう一度味わいたい。上目遣いでねだれば、彼は僅かに瞳を揺らした。

「……今？」

「うん。……まさか、忘れたわけじゃないでしょう？」

微かな不安が首をもたげ、美幸は声を潜めた。

光次は、自分ほど美幸と過ごした時間を大事に思ってくれてはいなかったのか。簡単に消去してしまえるくらい、どうでもいい過去だったのかと悲しくなる。振られた瞬間の絶望感を思い出して、視界が涙で滲んだ。

「……美幸」

あともう少しで滴がこぼれ落ちてしまう手前で、耳に直接吹き込むように名を呼ばれた。抱えられた美幸の頭に、呼気がかかる。肌を掠めた彼の唇が、戦慄いていたのは気のせいだろうか。髪を梳《す》かれる心地よさに、美幸は陶然《とうぜん》とした。

「ああ……」

昔、初めて名字ではなく、委員長でもなく下の名前を呼んでくれた日のことを思い出した。照れた光次の目尻が赤く染まって、握った手は汗ばんでいた。

きゅっとむず痒《がゆ》く締めつけられる胸の痛みが甘い。

今は抱き合っているせいで彼の顔は見えないけれど、きっとあの時と同じ表情を浮かべているのではないかと思った。照れ隠しに唇を引き結び、一見不機嫌そうにしつつも瞳を忙しくさまよわせていたあの日と。

何故美幸から心が離れてしまったのかとか、新しい彼女とはその後どうなったのかとか、聞きたいことは沢山ある。だが何も口にせず、美幸はこの瞬間を享受した。

卑猥な形に揉みしだかれる胸の頂を食まれ、背を仰け反らせる。腹を撫でおろした大きな手が、繁みを掻き分けても、拒む気など毛頭なかった。

従順に脚を開き、秘めるべき場所へ彼の手を迎え入れれば、潤んだ蜜口を上下に摩られる。滑る感覚と淫蕩な水音に、充分準備が整っていることを教えられた。

「……ふ、ぁ、あっ……」

「もっと感じているいやらしい声、聞かせて」

「……ぁ、やっ……そんなにしちゃっ……んぁっ」

言葉攻めなんてする人ではなかったのに、年月は様々なことを変える。嫌ではない美幸も、それだけ大人になったのだろう。導かれるまま、卑猥な声を漏らした。一度我慢が途切れてしまえば、後はもうなし崩しになる。

素直に快楽に身を任せ、大胆に喘いだ。自分の声だとは信じられないほど、艶めいた嬌《きょう》声《せい》が止まらない。滴る蜜の量も増え、淫裂を掻き回される度に粘着質な水音が奏でられた。

「ああっ、駄目っ、ゃ、ああ……っ」

膨れた花芯を摘まれて、愉悦が弾ける。すっかり忘れていた性的な快楽に、美幸はアルコール以上に酔っていた。それでも光次が足りない。この程度では満たされず、貪欲さが理性を凌駕し、狂おしく彼を求めた。

隘路《あいろ》に侵入した男の指が、濡れ襞《ひだ》を撫で摩る。まだごく浅い部分を探られただけなのに、達してしまいそうになるほど気持ちがいい。髪を振り乱して美幸が悶《もだ》えれば、乳房の飾りに歯を立てられた。

「きゃぅっ」

「どこもかしこも敏感だな」

「ど、同時には……んぁっ」

乳嘴《にゅうし》を舌で転がされ、押し込まれて吸い上げられる。上と下二点同時に刺激され、愉悦も二倍になった。それどころか湿った呼気や擦れる太腿さえも心地いい。彼と密着している全てが、快楽の要因となった。

「俺の手がベタベタだ。早く欲しいとねだられている気分になる」

蜜路を出入りする指は二本に増やされ、親指で花芽を摩られた。強めに押し潰されても、もはや美幸は快感しか拾わない。全身どこもかしこも過敏になって、空気の流れにさえ煽られていった。

「ひ、ぁっ」

長い指に蜜窟の弱い部分を擦られて、四肢が強張った。ビクリと跳ねた美幸の爪先が空中で丸まる。冷静ではいられなくなる場所を集中的に嬲られ、小刻みに手足が痙攣《けいれん》した。

「や、ぁあ……っ、イっちゃう……！」

胸は激しく上下するのに、上手く息が吸えない。過ぎる快楽に苦しくなった。

昔も光次と抱き合っているだけで幸せだったけれど、それとは次元が違い、壊れてしまいそうなほど全身が沸騰している。感じる喜悦が大きくて処理しきれなかった。

圧倒的な法悦に支配され、何もかも呑み込まれ頭は使い物にならない。理解できるのは、愛しい男の腕の中にいるということだけ。けれどそれ以外に、いったい何が必要なのだろう。

——他には何もいらない。光次だけが、いてくれたらいい……

「ぁああっ」

高みに押し上げられ、美幸は嬌声を迸らせた。白く飽和した世界に投げ出され、引かない快楽の余韻の中を漂う。久し振りの絶頂感と酔いが相まって瞼が下りてきたが、眠気は掠めるキスで咎められた。

「……まだ寝るな」

息を整える暇もなく太腿を大きく開かれ、濡れそぼつ秘所に火傷しそうな視線を感じる。舐め回す眼差しに、美幸の内側も騒めいた。その証拠に、新たな蜜が溢れ出す。

トロリとこぼれた滴は、男の劣情を掻き立てるのに充分だったらしい。艶めかしく上下した彼の喉仏を汗が伝うのは、ひどく官能的だった。

「眠るなんて、そんな勿体ないことしない……」

ついさっき夢の中に堕ちかけていたことを棚に上げ、美幸は甘えた口調で囁いた。

いつも必要以上に人目を気にし、ちゃんとしていなければならないと思っているから、弱い部分を曝け出せる相手はほとんどいない。親にさえ、甘え方がよく分からないのだ。別に親子仲が悪いわけでもないのに、美幸は我儘を言ったり自己主張したりするのが昔から苦手だった。そのせいか、『本当の自分』を隠すことに慣れていたのだと思う。

例外は、光次だけ。

彼には色んな自分の側面を見せてきた。脆《もろ》い部分も、秘かな夢も。子供じみた意地も全て。光次だけが、『理想と違う美幸』を受け入れてくれた。だから八年経った今も、忘れられないのかもしれない。

深く唇を重ね、わざと音を出して舌を絡ませ合う。獣じみた口づけは、この行為を生々しく浮き彫りにした。

好きだと言われたわけじゃない。ましてやり直そうと告げられたわけでもない。

いわば成り行きでしかない一夜の夢だとしても、今は何も考えたくなかった。

「光次……ぁ、ああッ」

すっかり柔らかく解れた隘路は、彼の屹立《きつりつ》を大喜びで頬張った。

眼も眩《くら》む充足感の中、僅かな苦しさはすぐに愉悦に置き換わる。彼の形に押し広げられ、内側から満たされた。

「……っ、そんなに、締めるな……っ」

「や、ぁあ……分からなっ……」

話すと振動が響いて、一層下腹が戦慄いた。彼の剛直を舐めしゃぶり、もっと奥に誘っている。美幸の意思よりもっと、身体は正直だった。

腹の中、一番深い部分に光次がいる。彼だけしか知らない。全てを許したのは光次にだけ。そう実感するとますます快楽は大きくなっていった。

「狭い、な。あれから他に男はいなかったのか？」

「い、いない……っ、貴方以外、本気で好きになれなかった……っ」

意地悪な質問に、本当は返したかった答えがある。『光次は？』そう聞けたら、どれだけ楽になれるだろう。だが同時に聞きたくない。卑怯でも、今だけでいい。

美幸は滲んだ涙を瞬きで振り払い、彼を見上げた。

「ずっと、今も、光次だけが好き」

揺らいだ彼の瞳の意味は、知りたくない。そこに浮かんだ感情から眼を逸らし、美幸は体内に収められた彼の存在だけに意識を集中した。しばらくじっとしてくれていたおかげで、苦しさはなくなっている。

「動く、ぞ」

「あ、ぁっ、待って……」

汗を滴らせた彼が、しなやかな獣のように腰を蠢《うごめ》かせた。乱れた前髪を掻き上げ、獲物を狙う瞳でこちらを見下ろしてくる。その艶やかさに、美幸は一瞬息が止まった。

今も鍛《きた》えているのか、見事に割れた腹筋は芸術的でさえある。無駄な肉のない身体は思わず見入ってしまうほど美しい。八年前よりずっと魅力的で、瞬きの時間さえ惜しかった。

「待てないと、さっきも言った」

「ふ、ぁあっ」

抜け落ちる寸前まで引かれた腰が、振り子のように戻ってくる。いきなり奥を抉られて、美幸の意識が軽く飛んだ。男と女の肌がぶつかる淫らな打擲《ちょうちゃく》音と軋むベッドの音で我に返る。置いて行かれまいとして、慌てて彼の背に手を回した。

「……あァッ、ゆ、ゆっくり……っ」

「無茶を言うな。……どれだけ耐えてきたと思っている……っ」

「ひ、ぁうっ」

一番奥に彼の楔が密着したまま腰をぐるりと回され、あまりの衝撃に美幸は喉を晒して身悶えた。それでも許してもらえず立て続けに穿《うが》たれ、涙を散らしながら髪を振り乱す。

こんな荒々しいセックスは知らない。もっと手探りで若さ故の拙いものしか美幸は経験したことがなかった。まるで快楽の坩堝《るつぼ》に堕とされるかの如く、残っていたなけなしの理性が突き崩される。

激しく揺さ振られ、まともに言葉を発することもできなかった。口を開けばこぼれるのは嬌声のみで、それさえ切れ切れの悲鳴じみている。上下する視界の中、彼に縋りつくだけで精いっぱいだった。

逞しい背中に指を這わせ、汗まみれの身体を擦りつけ合う。美幸の両脚は抱え上げられ、彼の肩にかけられた。そのまま上体を倒されると繋がりが深くなる。眼前にチカチカと星が瞬き、閉じられなくなった口の端から唾液が伝った。

「い、あぁあ……駄目、おかしくなっちゃう……っ！」

ぐちゅぐちゅと肉壁を摩擦され、彼の屹立に絡みつく粘膜を引き剝がす勢いで穿たれた。一突きが重く、脳天まで喜悦が駆け抜ける。逃せない淫悦が蓄積され、美幸はまた達してしまいそうになった。しかも今度は、先ほどよりもっと深く激しいものになる予感がある。

立て続けにそんなものを味わえば、自分がどうなってしまうのか分からない。恐れを抱き頭上に逃げを打った美幸は、筋肉質な腕で引き戻されていた。

「……逃げるな。乱暴にしたくなる」

「ああっ……だ、だって……！」

腰を固定され力強く突き上げられると、敏感な場所をピンポイントで抉られた。あまりの衝撃に声も出せず痙攣する。身体を二つ折りにされた不自由な体勢も、愉悦の糧でしかない。

逃れられない圧倒的な力で押さえ込まれ、喰らわれている気分だ。倒錯的な悦びが、美幸の常識を粉々にする。先のことなどどうでもいい。いつもの自分なら考えられない刹那的な思考に染まっていた。

「ぁあんッ、や、ァッ、あっ、ぁあああ……っ」

ふしだらな声を全く抑えられない。美幸の長い髪がシーツの上に広がり、揺さ振られる度に形を変えた。喉が痛むほど艶声を漏らし、太腿が戦慄く。あと少し。もう限界。達しそうになった美幸が瞳で告げれば、彼は蠱惑的に口の端を引き上げた。

「まだだ。全然足りない」

「えっ……」

彼の楔に貫かれたまま、美幸は抱き起こされた。おろされた先は胡坐《あぐら》をかいた男の膝の上。

驚いている内に自重で深々と彼の昂りを呑み込んでしまった。

「んぁあっ……」

「自分で動いて」

そんなことを言われても、無理だ。じっとしている今でさえ、意識を保つのがギリギリだった。ほんの少しでも気を緩めれば、わけが分からなくなってしまいそう。これまでにない深い場所に、彼が到達しているのが感じられた。

「でき、ないっ……」

「じゃあ、ずっとこのままかな。俺はそれでも構わない。君の中は、動かなくてもぎゅうぎゅうに締めつけてきて、気持ちがいい」

きっと彼はわざと卑猥な物言いをしている。挑発する眼差しに、クラリと眩暈がした。捕らえた獲物をどういたぶって、美味しくいただこうかと思案している顔だ。彼が口の端を舐める仕草のいやらしさに、美幸は籠る熱を吐き出した。

「動いてぇ……っ」

息と共に漏れ出た声が、か細く震える。完全に発情した雌の声に、発した自分が煽られていた。

「断る。ちゃんと現実を見ようとしないくせに、要求だけは一人前なんて、狡《ずる》いと思わないか?」

「何の話……? ど……すればいいの」

怒っているのか、彼の瞳には劣情と共に不機嫌な色が揺らいでいた。しかし、美幸の質問に答える気はないらしい。口の端を歪めただけで、小さく息を継いだ。

「好きなようにすればいい」

「こ、こんなこと、したことがないから、分からないって言っているの」

経験が乏しいことを、敢えて口に出させるなんて酷い。悔しくて美幸が睨みつければ、同じ高さになった視線が絡まり合った。

「酷いのは、どっちだ」

「……ぁっ」

向かい合った状態で尻を摑まれ、割れ目に沿って悪戯される。男の硬い指先に後孔付近を弄られて、美幸は竦み上がった。

「へ、変なところを触らないで」

「変？　外見は変わったのに、内面は変わらず保守的だな」

「……ん、ぁ」

嫌がれば彼は手を引いてくれたけれど、代わりに胸の飾りに食いつかれる。熟れ切った頂は熱い口内で転がされ、ひりつく愉悦を運んできた。

「肩に摑まっていろ」

命じられるがまま腕を回し、彼の癖のある茶色の髪に触れた。昔より伸びても、柔らかな感触は変わらない。恋しさがこみ上げ、美幸は思わず指に毛先を絡めた。

「……髪、伸びたね」

「――そっちは相変わらず長いな」

「……光次が好きだと言ってくれたから……」

汗で美幸の背中で張り付いていた髪は、彼が束ねるように掴み、除けてくれた。おかげで首回りに籠っていた熱が解放される。ほっと息を吐くと、晒された首筋に吸い付かれ、情熱的な痕を残された。

「そこは……っ、襟から見えちゃう……」

「見せてやりたい」

誰に？　と聞くことはできなかった。それよりも早く始まった律動で、喋ることが難しくなったからだ。

「んぁッ」

荒々しく下から突き上げられて、美幸の身体が浮いた。落ちてきたところを再び串刺しにされ、まともに呼吸もできない。逃れるため太腿に力を込め膝立ちになろうとすると、肩を押さえられ強引に引き下ろされた。

「ひ、……ぅあっ……ぁ、あんッ」

ぐちゅん、と聞くに堪えない水音が響く。体内を掻き回す猛《たけ》る存在感に、全てを持っていかれた。乱暴とも言える交わりに翻弄される。彼の叢《くさむら》が美幸の花芽を擦り、それもまた大きな淫悦となった。

「ゃあッ……変になっちゃうっ……！」

「なれば、いい……っ」

また首のどこかにキスマークを刻まれたかもしれない。一瞬の痛みはたちどころに快楽へ塗り替えられ、嵐のような快感の中で、はっきりとした場所は分からなかった。

めちゃくちゃに肉筒を掻き回され、もう気持ちがいいとしか考えられない。彼の形を生々しく感じ取り、ぎゅうぎゅうに抱きしめる。

「……っは」

漏らされた彼の官能的な声に、美幸の内側が蠢いた。

もっと光次に感じてほしい。自分を欲しがってほしいと欲望が募っていた。会うこともできなかった八年間を埋めたくて、貪欲に下腹に力を込める。

「ん、くっ……」

たどたどしく腰を揺らし、彼と動きを合わせた。テクニックなんて持ち合わせていない。本能に従って拙く動くだけ。それでも、弧を描いた彼の唇が、正解を引き当てたことを教えてくれた。

「可愛いな」

キュンっと蜜路が不随意に収縮する。きつそうに見える彼の眼差しが柔らかく細められ、美幸の胸がときめいた。

大好きだった笑顔が重なる。光次は笑うと、目尻が下がるのだ。すると一層優しい雰囲気になり、美幸の中で愛おしさが膨らんだ。

「……ぁ」

いやらしいキスを交わし、上も下もぐちゃぐちゃに交じり合う。体液に塗れた身体を擦りつけ合い、手足全部を使って美幸は彼に密着した。

「そんなにくっついたら、動けない」

「だって……離れたくない」

甘えた台詞を漏らせば、ポンポンと頭頂部を軽く叩かれた。同じ年のはずなのに、妙に年長者ぶった仕草にドキドキする。心臓が大きく脈打ったことを悟られたくなくて、美幸は自ら彼の首にキスを落とした。

唇を窄《すぼ》め、痕を残してやろうと目論《もくろ》むけれど、上手くいかない。コツが必要らしいが、何度繰り返しても彼の肌に赤い花は咲いてくれなかった。

「……擽ったい」

「案外、難しい……」

「下手だな」

額を押し返されて、美幸の挑戦はあえなく失敗に終わった。逆に鎖骨付近に吸い付かれて、新たな花弁を刻まれてしまう。改めて自分の身体を見下ろすと、幾つもの痕が散っていた。

「やだ……」

「嫌なのか？」

思わず漏れた一言に、彼が過敏な反応をする。じっとこちらを見る双眸は、不安の色が滲んでいた。

「嫌、じゃない……」

本当は、嬉しい。言葉にできない執着心を、形にしてもらえたみたいだ。勘違いでいい。どうせこの夜は幻と同じ。だったら、美幸の好きなように解釈したかった。

見つめ合ったまま同じリズムを刻み、快楽の階段を駆け上がる。一度も視線を逸らさず、互いの視界の中には相手だけが映っていた。

いやらしく発情した女が、彼の眼の中からこちらを見返している。きっと自分の瞳にも、光次だけが宿っているだろう。

「……ァっ、ぁああ、ゃあッ」

最奥を捉えた彼の先端が、容赦なく子宮を突き上げてきた。すっかり下におりていたそこは、絶大な快感だけを生み出し続ける。苦しいくらい穿たれても、全てが法悦に置き換わった。

「ふ、ぁあんっ……激しっ……あ、あ、ァあッ、も、駄目っ……」

「食い千切りそうなほど締めつけておいて、よく言う……っ」

気持ちいいと言うには強烈すぎる愉悦に、涙が溢れた。だらしなく開いた口の端からは唾液が流れ、きっと美幸の顔は酷いことになっている。

彼の胸板に押し潰された乳房の谷間を汗が伝い落ち、擦れ合う肌の潤滑油となって喜悦を増幅させた。硬い肌で摩擦された胸の頂からも、新たな悦楽が送り込まれる。

「ぁ、あ、あッ」

「……イけよ」

一瞬も休ませてもらえず、美幸は絶頂に飛ばされた。

「や、ぁああっ」

「……っ」

全身が引き絞られる。達した瞬間仰け反った身体は、倒れないよう彼がしっかり支えてくれた。

一拍遅れ、薄い被膜越しに彼が欲を放ったことを知る。整わない息の下、眼を閉じたまま手探りで彼の唇を探した。

キスをしてほしい。抱きしめてほしい。募る想いが欲望に素直になる。

苦しくても、口づけを解きたくない。まるで飢えた獣そのものだ。いくら熱を分かち合っても、足りなかった。

「は……美幸……」

気怠さの中、瞼を押し上げれば、視界がぼやけるほどの至近距離に愛しい人がいた。トロリとした眼差しで瞬いていると、後頭部を掴まれ、強引なキスをされる。深く余裕のない口づけに追い詰められ、舌での追いかけっこは最初から美幸の負けも同然だった。顎から力を抜けば、口内をくまなく蹂躙《じゅうりん》される。粘膜を擦り合わせ交じり合った唾液を嚥下した。

「んんっ……光次……愛している……」

「……もう、何も言うな」

鼻に抜けたのは、濃厚なアルコールの香りだった。

2　罪が深まる夜更け

逃げよう。

その結論に至るまで、実際にはさほど時間はかからなかったと思う。

ベッドから抜け出た美幸は、部屋に散らばる服を掻き集めた。

身体中がベタベタして気持ちが悪い。脚の間には何かが挟まっているような違和感もあった。叶うなら、シャワーを浴びてサッパリしたいところだ。しかし、そんな悠長なことをしている場合ではない。

ゆっくり深呼吸し、美幸は背後を振り返った。

ベッドには、眠る一人の男性。思い出した昨晩の記憶の中、肌を重ねた人だ。普段の自分ならとても考えられないけれど、間違いない。

美幸は昨日、行きずりの関係を結んでしまった。

――あり得ない。いくら私が酔っていて、この人が光次に似ていたからって……！

自己嫌悪に浸りながら、朝の光の下、改めて男の顔を確かめた。

やはり、光次によく似ている。しかし別人なのは間違いない。よくよく思い返してみれば、昨夜だって何度か違和感があったのだ。気づかない振りをしたのは、美幸自身。いくら後悔しても足りない。

――それに、いくらそっくりだと言っても、所詮他人よ……明るいところで見れば全然違うじゃない……

人のよさが前面に出ていた光次と、眠る男の顔の造作は確かに似通っている。しかし受ける印象がまるで違った。

眼を閉じていて尚、眠る彼は厳しい顔立ちをしている。険がある――と言うのだろうか。眉間には微かに皺が寄っていた。

長い睫毛に、整った容姿。筋肉質な身体つき。要素だけなら、苦しくなるくらい共通していても、やはり紛れもなく別人なのは疑いようもない。

いくら八年の歳月が過ぎたとは言え、見間違うなんて本当に美幸はどうかしていた。突然知らされた光次の死がショックすぎて、冷静ではなくなっていたのだろう。今だって、激しく動揺している。それでも、亡くなった人がこの場にいるはずはないということくらいは、判断できるようになっていた。

「……ん」

「……っ！」

男性が寝返りを打ち、美幸は動きを止めた。どうか起きないでくれと必死に祈る。その願いが届いたのか、彼は規則正しい寝息を漏らした。

ほうっと震える息をこぼし、美幸は自分の服を手早く身に着ける。

床に散らばった服は、美幸のものだけではない。男物のジャケットやスラックスも乱雑に放り出されていた。一晩放置されていたせいで、すっかり皺になっている。今更ではあるけれど、足音を忍ばせつつ、それらをハンガーにかけた。

そのままにしてもよかったのだが、そもそもこの状況を引き起こしたのは自分の軽はずみな行動のせいだ。別に無理やりホテルに連れ込まれたわけではない。したたかに酩酊したのも、自己責任。

だから、これ以上男性に迷惑をかけるのは気が引けたのだ。

贖罪《しょくざい》の意味も込め、自らの財布の中から一万円札を三枚抜きデスクの上に置く。この部屋が一泊いくらかは分からないし、持ち合わせがそれしかなかったからだ。

――足りない気もするけれど……ごめんなさい……

いっそカードで全額会計を済ませてしまうことも考えたけれど、冷静さをすっかり欠いていた美幸には、精算のためにホテルスタッフに声をかけることも躊躇われた。とにかく、一刻も早くここから逃げ出したい。

乱れた髪も、どろどろのメイクもそのままに、じりじりと後退る。

眠る男に背を向けるのは、何となく恐ろしかった。今もまだ、身体の奥には快楽の熾火《おきび》が燻ぶっている。その事実が何よりも怖い。ふしだらな自分を告発されたみたいだ。これはもう、光次への冒瀆《ぼうとく》でもある。

――本当にごめんなさい。でももう、二度と会うことはないわ……

震える指先でドアの鍵を開け、廊下に飛び出す。後はもう振り返ることなくエレベーターに乗り込み、美幸は逃げ出した。

前だけを見て、小走りになりながらロビーを通過する。

今日が土曜日で、本当に良かった。そうでなければこんな最悪な身なりのまま、仕事に向かわねばならないところだ。昨日と服装が同じだなんて、格好の噂の的になってしまう。いやそれよりも、まともに働けるとは到底思えなかった。おそらく動揺を抑えることは不可能だろう。

幸い、ホテルを飛び出してみると、見覚えのある場所だった。マンションの最寄り駅からさほど離れていない。これなら電車に乗っても数駅だろう。タクシー代を残していなかったので、それだけは安堵する。

――何も考えず、今は眠りたい……

自分がしでかしてしまったことも、光次のことも。何も思い起こしたくない。ただ泥のように眠ってしまいたかった。

きっとこれは悪い夢。リセットすれば、いつも通りの毎日が待っているはずだ。

やりがいのある仕事――それこそが、色々なものを捨てた美幸が選んだものなのだから。

とにかくひとまず駅を目指し歩き出す。

ひと眠りすれば、日常が戻ってくるに決まっている。そう信じて、美幸は考えることを放棄した。

現実はそう甘いものではないことを、週明けの月曜日に思い知らされることになるとも知らず――


「顔色悪いけど、大丈夫？」

出社して早々、美幸は隣の席に座った同期の杉本亜香里《すぎもとあかり》に顔を覗き込まれた。

結局、土曜日曜とろくに眠れなかった美幸は、曖昧に笑ってごまかす。

「疲れが溜まっているのかな」

「休日、休めなかったの？　美幸のことだから、また仕事を持ち帰ったんでしょう」

「違うわ。その……録り溜めしておいた映画を一気に観たから……」

「ええ？　身体に気をつけてよ？　あんたは無茶しすぎるところがあるんだから」

見え透いた嘘だが、一応は納得してもらえたらしい。バンバンと背中を叩かれ、美幸は苦笑した。

人生初の失態を犯してしまった土曜日のまだ早朝の時間帯、住宅街を出歩いている人影は少なかった。顔見知りにすれ違わず帰宅できたことに感謝して、美幸がまずしたのは風呂に入ることだ。

化粧も汗も全部落とし、さっぱりしたところで現実感に襲われた。

深々と溜め息を吐き、ベッドの上でのたうち回っても変わらない現実。取り返しのつかないことをしてしまった。だが自分が口を噤《つぐ》めば、『なかったこと』と同じだ。どうせあの男ともう一度会うなんてあり得ないのだから。

——一応、裏路地の飲み屋街にはしばらく近づかないでおこう……

それで、おしまい。色々思うところはあるけれど、ひとまず終止符は打てる。

けれど光次が亡くなったという事実は変わらないのだ。

帰宅したらすぐにでも眠るつもりだったが、睡魔は一向に訪れてはくれず、美幸はパソコンを立ち上げニュースサイトを開いていた。幾つかのキーワードを入力し、検索をかけ、出てきた記事はスマートフォンで見たものと大差ない。

高槻光次が亡くなったという無機質な情報だけ。享年たった二十五。まだ若すぎる。

昨晩見た写真よりクリアな画像は、被害者が紛れもなく彼であることを突きつけてきた。美幸は指先でディスプレイをなぞり、嗚咽を噛み殺す。昨日枯れるほど泣いたはずなのに、まだ涙は出るらしい。けれど心は麻痺《まひ》してしまったのか、悲しいのか何なのか上手く整理できなかった。

胸の真ん中にぽっかり穴が開いたみたいだ。だが直視する勇気はなく、虚しい風が吹き抜けている。向き合う心構えが、まだ整わないからかもしれない。未練がましくフェイクニュースの証拠を探してしまう。そんなものは、どこにもないのに。

――……馬鹿だなぁ……私……

本当に大切なものは、なくしてから気がつく。二度と手に入らないものへ手を伸ばし、宙を掻いた指先が虚しく空を泳ぐ。

こんなことなら、みっともなくても浅ましくても、会いに行けばよかった。仮に冷笑され突き放されたとしても、それが何だと言うんだろう。永遠に会えなくなるより、ずっと良かったではないか。

美幸が抱いていた葛藤は、全部生きているからこそのものだ。今日も明日も、同じ日が続く保証などないのに、何故『いつかは』なんて悠長に考えていられたのだろう。時間が有限であることなど、当たり前だったのに。

「――ねぇ、ぼーっとしているけど、本当に体調が悪いんじゃないの？」

物思いに耽っていた美幸は、亜香里に眼の前で手を振られ、我に返った。

「本当に駄目だったら、病院行った方がいいよ」

「あ、何でもないの。心配かけてごめんね……」

本当のことなど、いくら仲がいい彼女にだって言えない。

昔の恋人が亡くなった事実にショックを受け、初めて会った知らない人と関係を持ったなんて。その上誘ったのはこちらも同然。

言葉にすれば、己の行為の軽薄さと最低さがより鮮明になった。しかも相手の男性を置き去りにして逃げ帰ったのである。これでは自己弁護のしようもない。

——無理。亜香里に軽蔑されたくない……

更に最悪なのは、自分の光次への気持ちが微塵も薄れていないと自覚してしまったことだった。

つまり心から好きな人を想いながら、別の男性に抱かれたことになる。いくらとっくに別れているとしても、光次に対して何て不誠実なんだろう。呆れてものが言えないとはこのこと。美幸だって別の誰かがそんなことをしたと告白したら、眉をひそめてしまうかもしれない。

——忘れよう。それしかない。これからはもっと己を律して、馬鹿な真似なんてせず、一人で生きられるように強くならなきゃ。

それくらいしか、今の美幸にできることはなかった。いくら現実逃避を図っても、残酷な真実は変わらないのだ。週末の二日間で辿り着いた答えは、それだけだった。

天地がひっくり返っても、変わらない事実は大好きな人がこの世にいないこと。何も考えたくなくて、美幸は仕事に集中しようとした。

「あれ？　今日はいつもとは違うピアスを着けているの？　それも可愛いね」

目敏く美幸の耳朶に気がついた亜香里が、明るく指摘する。おそらく他意はない。そう分かっていても、美幸の心臓は驚くほど大きく脈打った。

「あ、あの、気分転換に、と思って」

「ふぅん？　いいんじゃない？　前のダイヤもシンプルで似合っていたけど、たまには違うのもいいよね。ひょっとして男からのプレゼント？」

「ち、違うわ。前に自分で買ったの」

これは本当だ。だがその前にまた一つ嘘を重ねていた。

美幸がこれまでつけっ放しにしていたピアスは、服装を選ばない使い勝手のいいものだから、重宝していた。それなりの値段がしたし買うのは勇気がいったけれど、一年前、ショップの店頭販売員から夢だったバイヤーへ大抜擢されたのを機に、清水の舞台から飛び降りる覚悟で購入したのだ。

それを、なくしてしまった。

いつなのか、具体的には分からない。けれど、まず間違いなく先日のバーかホテルのどちらかだろう。探しに行けば見つかるかもしれない。しかしそれは不可能に等しい試練だった。

正直ピアスを紛失したのはショックだし、落ち込んでもいる。だがそれ以上に自分の過ちと向き合う気にはなれなかった。

――高い勉強代だと思って、諦めよう……

手元に残る片側だけのピアスは、自分への戒めだ。今後は何があっても外で酔うほど飲まないと心に誓う。

――そう言えばあの人……私の髪が相変わらず長いとか言っていなかった……？　どうしてずっと伸ばしていることを知っていたの？　それに名前を呼ばれたけれど、いつ名乗ったか、覚えていない……

不意に浮かんだ疑問に、美幸は頭を悩ませた。だがあれだけ酔っていたから、正確に全てを覚えているかと問われれば答えは否だ。きっと忘れているだけで、こちらからペラペラ話したのだろう。

それに髪は一年や二年でここまで長くはならない。昔から伸ばしていたと考えるのが普通だ。あの人もそう判断したから、適当に話を合わせたのだと判断した。

――うん。これ以上考えることはやめよう。不毛だし、辛くなるだけだわ……

美幸は放っておくとどこまでも沈み込みそうな気持ちを振り払い、メールチェックをして、本日の会議資料の確認をした。

やらねばならないことは、沢山ある。午後は展示会や商談も入っている。悲しみに浸っている時間はないのだ。

——泣くのは、家に帰ってからにしよう。

どれだけ泣いても尽きない涙は、意思の力で引っ込める。腫れてしまった瞼は、普段よりも化粧を濃くすることでごまかしていた。

定刻より早く会議室に移動し、大きく深呼吸する。個人的なことで、仕事に支障をきたすなんて論外だ。

やることが沢山あるのが、今はありがたい。余計なことを考えずに済む。その分、一人きりの夜は、長くて仕方ないのだけれど——

「——さて、定時なので予定通り会議を始めよう」

最後に会議室に入ってきた部長が、軽く手を叩き注目を集める。俯いていた美幸も顔を上げた。そして、部長の横に腰かける男性に眼を留め、硬直する。

この場に、いるはずのない人。いてはいけない人物が、座っていたためだ。

癖のある茶色い髪。整った顔立ちの中で印象的な鋭い眼差し。がっしりとした体軀に長い手足。いくら掻き消しても、忘れられるはずがない。

つい二日前の朝、彼の腕の中で美幸は眼を覚ましたのだから。

「以前から報告していた通り、前任者の高橋《たかはし》課長の退職に伴って、後任になった宇崎《うざき》さんだ。うちの部署は皆あちこち飛び回っていて、なかなか全員が揃っていることが少ないからな。今日は丁度良かった。さ、宇崎さん、挨拶を」

部長の紹介を受け、隣の男性——宇崎は立ち上がった。会議室内にいる全員の視線が集まる中、彼は優雅に一礼する。その洗練された動きと並外れた美貌に、女性陣だけでなく男性たちも見惚れていた。

「イケメン……」

美幸の耳は亜香里の呟きを拾ったが、意味をなさないまま右から左に流れてゆく。混乱の極致のまま、瞬きもできずに宇崎を凝視していた。

見間違えるはずもない。たとえ相当自分が酔っていたとしても、こんなに光次と似ている人が他にいるわけがないと断言できた。

「——初めまして。この度こちらに中途入社した宇崎玲一郎《れいいちろう》です。以前は別会社におりましたので、まだ分からないことだらけです。どうぞよろしくご教授ください」

「彼は某有名ブランドで働いていたんだ。引き抜くには、苦労したと聞いている。むしろお前たち、色々教えてもらうといい」

上機嫌の部長が語る玲一郎の経歴は、華々しいものだった。本当ならもっと大きな会社

に転職することもできたところをヘッドハンターの情熱に絆《ほだ》されて、頷いてくれたらしい。それを聞き、尚更女性たちが色めき立つ。見目麗しく仕事ができる上司がやってきたとなれば、当然かもしれない。

しかも、独身。年は三十一歳。

艶のある声は、見た目よりも落ち着いていた。しかしそれでもこの若さで有名ブランドのバイヤーを務め、更に課長としてこの会社に迎え入れられたのは、かなり優秀であることは間違いない。

喉が干上がる。美幸は恐る恐る視線を上げ、玲一郎を見つめた。

「……っ！」

今、眼が合った。

こちらに流された視線が絡み、僅かに彼が眉を上げた気がする。だがそれは一瞬のことで、別の同僚からされた質問に玲一郎は答えていた。

——気のせい……？　そう、よね、きっと覚えているわけがない。たった一晩過ごした女のことなんて、忘れているに決まっている。あんなに手馴れていた人だもの。女に不自由していないわ。だいたい、あの晩の私は酷い有様だったから、気づかれない可能性も高いはず……

祈りに似た気分で願った。

忘れているなら、その方がいい。いや、仮に記憶に残っていたとしても、『知らない振り』をしてくれるなら御の字だ。よく考えてみれば、彼にとっても外聞がいい話ではないのだから。

いくら知らなかったとは言え、酒の勢いで部下に手をつけたのは、褒められた行為ではないだろう。信用問題に関わる。まして正式に赴任する前のお遊びなら、隠蔽《いんぺい》したいに決まっていた。

そこまで考え、美幸は強く拳を握り締めた。

「――羽田美幸さん？　初めまして。よろしくお願いいたします」

いつの間にか一人ずつ紹介される流れになっていたらしい。部長が順番に名前と役職を告げてゆき、美幸の番になっていた。

「え、あ、はいっ。こちらこそ……よろしくお願いいたします……」

机越しに出された手を握り返し、交わした握手で彼の意図を悟る。玲一郎の態度に、焦った様子は微塵もなかった。これはやはり、大人として処理しようという意味だと思う。

それ以外考えられない。勿論異論はないので、美幸は食い気味に挨拶をした。

あの夜のことは、永遠に封印する。なかったこととして振り返ることはない。それが、互いのために一番いい方法なのだ。

宇崎の愛想のいい笑みは、いっそ空恐ろしいほど完璧だった。たぶん彼にとって、あんなことは珍しくないのかもしれない。これほどの容姿と能力を持っていれば、女性にモテるのは容易に想像できた。スマートに処理できる類のことでしかないのだろう。

それが、大人の男とも言える。

けれど美幸はそう簡単に割り切れなかった。頭ではちゃんと理解している。ここは何も考えず、初対面を貫き通すべき場面だ。だがこういった修羅場の経験がない自分は、言葉少なに頭を下げるのが限界だった。

簡潔な挨拶を済ませ、顔を伏せたまま椅子に腰かける。居心地が悪い。許されるなら、今すぐ会議室を抜け出して外の空気を吸いたかった。しかし実行などできず、震える右手を左手で押さえ込んだ。

自分の手に残る、玲一郎の感触。大きな掌と握手を交わした瞬間、否応なく金曜日の夜のことを思い出してしまった。

あの生々しく、欲望に流された淫靡な一夜のことを。

――駄目。忘れるの。私たちの間には、何もなかった。今日初めて会った他人。彼だってそれを望んでいる――

心の中で同意を求め、美幸は玲一郎を盗み見た。次の瞬間、激しく後悔する。

偶然か、意図的か。鋭い眼差しに射貫かれていた。時間にすればほんの刹那。瞬きの間に彼の瞳は逸らされ、何事もなかったように改めて会議の開始が告げられた。

けれど何故か身体の芯が熱い。

この感覚は、知っている。

あの夜、散々覚え込まされたものだからだ。繰り返し、何度も、刻みつけるように穿たれ続けた熱。おかしくなりそうなほど、グズグズに蕩けさせられた。

頭が忘れようとしても、身体が鮮明に覚えている。

——馬鹿げている。こんなの、絶対に変よ。

ただ、昔の恋人に似ているだけ。たったそれだけなのに、どうしてこんなにも惹きつけられるのだろう。別人だと線引きしようとしても尚、眼が、心が吸い寄せられてしまう。

愚かな自分自身に、美幸は眩暈を感じた。

いっそ全部夢ならいい。

金曜日の夜から悪夢の中にいるのだと思いたい。そうすれば光次の死さえ幻となって消えてくれる。

——そんな都合がいいことはあり得ない……

自嘲と共に、本日何度目かしれない溜め息が漏れた。

懸命に割り切ろうとしても、器用ではない美幸には難しい。千夏は変わったと言ってくれたけれど、本質の部分では生真面目で他者の目が気になる性格のままなのだ。年をとっても、自動的に大人になれるわけではない。

強引に玲一郎から意識を引き剝がした美幸は、手元の書類に眼を通した。だから、気がつかなかった。

同僚たちとそつなく話をしながら、玲一郎が時折こちらに注ぐ視線の重さに。

午前中の会議の後、美幸は予定より早く展示会に向かった。同じフロア内に玲一郎がいることが耐えがたかったからだ。逃げたと言われれば、反論のしようもない。まさに、『逃亡』と呼ぶに相応《ふさわ》しい心地だった。

あんなことがあった相手と何食わぬ顔で過ごせるほど、美幸の精神は逞しくない。気持ちを立て直すにはもう少し時間が必要だ。

そのまま商談を済ませ、当初の予定通り直帰するつもりだった。

しかし、持ち帰るはずだった書類が足りない。どうやら自分のデスクに忘れてきてしまったらしい。つくづく冷静ではなかったのだと反省する。

こんな初歩的なミス、普段の美幸ならば考えられなかった。いつも慎重すぎるくらい、持ち物には気を遣っているのだ。まして大事な書類ならば尚更。

もう時刻は二十時になろうとしていた。このまま帰宅し、明日の朝早めに出社することも考えたが、件の書類を放置しているのかと思うとどうしても落ち着かない。結局暫し悩んだ後、取りに戻ることに決めた。

今いる場所からなら、会社に立ち寄ってもさほど時間はかからないだろう。まだ誰かは残っているはず。

そう思い、疲れた足を動かす。どうせ部屋に帰っても、一人きりの時間が長くなるだけだ。夜は考え事に向いていない。どうしたって深刻で暗い思考に陥りがちになる。

週末の二日間で嫌と言うほど思い知った美幸は、できるだけ独りぼっちの時間を減らしたかった。そのためにも、仕事を持ち帰りたかったのだ。

オフィスに戻れば、まだフロアには明かりがついていた。美幸は残業中の同僚に会釈しながら足早に自分のデスクに向かい、目的の書類を手に取る。鞄に入れ、踵《きびす》を返したところ――

「まだ帰っていなかったのか？」

かけられた声に、小さく悲鳴が漏れた。

振り返った先に立っていたのは、最も会いたくなかった男。

完全に油断していた。何となく、玲一郎が残っていることはないと思い込んでいたのだ。出勤初日のこんな時間まで社内にいるなんて、いったい誰が想像するだろう。

「ど、うして……」

「今日中に眼を通しておきたいものがあってね。――ああ、もうこんな時間か。羽田さん、もう帰るだけだろう？　夕食は取った？」

「は、はい。夕食はまだ、ですけど……」

　素直に答えてしまったのは、動揺していたからに他ならない。だが口にした直後には、後悔していた。

「そうか。では一緒に食事に行こう」

「えっ」

　正直に言えば、あり得ない。しかし咄嗟に断りの言葉が出なかったのは、他にも残っている人がいたからだ。美幸は人の眼が気になって、拒否するタイミングを逸してしまった。

「わ、私――」

「さぁ、行こう。私も丁度帰るところだ」

　先日は『俺』と自らのことを呼んでいた彼が、よそ行きの顔で背中を押してくる。あくまでも上司としての姿勢を崩さないという意思表示だろうか。

　従うしかない美幸は、半ば茫然自失《ぼうぜんじしつ》で歩き出した。促されるまま社屋を出て、玲一郎が停めたタクシーに誘導される。これではまるであの日の再現だ。違うのは、美幸が酔っているか素面《しらふ》かだけ。

　現実感が希薄になり、悪夢の中を漂っている気分だった。ひょっとしたら金曜日からまだ日が経っていないのかもしれない。そんな馬鹿げた妄想に逃げたくなるくらい、今の美幸はどうすればいいのか分からなくなっていた。

——知らない振りをするのでは、なかったの……？

車内では言葉を交わさず、彼が運転手に目的地を告げただけ。だが、そのホテルの名前を聞いた瞬間、美幸は隣に座る男を弾かれたように見た。

土曜日の朝、こそこそと逃げ出したまさに因縁のホテルだったからだ。

「あのっ——」

抗議の言葉は、膝に置いていた手を握られたことで喉につかえてしまった。大きく熱い掌に包まれ、声が出なくなる。咄嗟に振り解こうとしても、力強く握られていて叶わなかった。それどころか手を重ねたまま、指を絡め合わされる。

擽る親指の動きは官能的で、到底食事だけが目的だと信じられるはずもない。

やめてくれとはっきり言えばいい。だが自分の中にある後ろめたさが美幸の口を噤ませた。始まりの原因が己だった自覚がある分、強く言えない。完全なる被害者だとは、とても主張できないからだ。むしろどちらかと言えば、自分の方が加害者だろう。

——いいえ、それもたぶん言い訳だわ……

本当の理由は、触れ方が似ているから。

光次もよく、何も言わずに美幸の手の甲を擽る真似をした。頬や耳を真っ赤に染め、そっぽを向きながら手を重ねてきたのだ。

——宇崎さんは余裕たっぷりだけど——

仄かに鼻腔を擽る匂いが似ている。それだけでも、頭の芯が痺れた。こうしてタクシーの中という閉鎖空間にいると、余計に香りが濃厚になる気がする。無意識に深呼吸したくなり、美幸は己を戒めた。

——駄目。とにかく、落ち着いて話し合わなくては。

身体だけの関係を続ける気はない。そういう選択ができるほど、器用ではないのだ。もしも玲一郎を勘違いさせてしまったのなら、美幸が謝らねばならないだろう。そのためにも、人目につかない場所に移動するのは賛成だ。でも。

——セフレなんて私には無理。今でもまだ、光次を忘れられないのに……

断ち切られた恋心の先に繋がっているのは彼だけ。この胸に宿る想いは、あの人に全部捧げてしまった。だから今の美幸は色恋に関して空っぽなのだ。割り切って考えることは到底できそうもない。

眼を閉じれば、鮮やかに思い出す。あんなに辛い別れを経験したのに、よみがえるのはどれも楽しく華やいだものばかり。八年間封じていた記憶がこの数日ですっかり表層に浮き出てしまった。

初めての恋に浮かれ、幸せだった当時の思い出の数々が、尖った欠片となって美幸を苛む。

――あんなに、幸せだったのにな……光次の気持ちが離れてしまったのは、私の何がいけなかったんだろう……

やがて見覚えのある高級ホテルに到着したタクシーから降り、腕を引かれた。乱暴な仕草ではない。けれど抗えない。美幸はせめてもの足掻《あが》きに足を踏ん張り首を左右に振ったが、玲一郎は意に介さなかった。

やや強引に引っ張られ、たたらを踏む。よろめいた瞬間腰を抱かれていた。

「や……っ」

「ロビーで話し合っても構わないが？　どうする？」

こんなに格式高い場所で、淫らな話をする勇気など持ち合わせていない。美幸が掠れた悲鳴で喉を震わせれば、彼は皮肉げな笑みを浮かべた。

「落ち着いて話せる場所に移動する方が、君のためでもあると思う」

詭弁《きべん》だ。その程度は自分にも分かる。密室で二人きりになるべきではないと、叫ぶ声が己の内側からする。しかし拒否権がないことも悟ってしまった。

「部屋を取ってくる」

近頃、急激な観光客の増加により、都内のホテルはいつも混んでいる。当日いきなりやって来ても部屋を取れないのではないか――という淡い期待はすぐに砕かれた。

美幸を残しカウンターに向かった玲一郎は、さほど時間を置かずに戻ってくる。その手には、カードキーを持っていた。

「行こう」

考えてみれば、前回は週末の金曜日だったのだ。最も予約が入るであろう曜日で宿泊できたのだから、月曜日なら空いていても不思議はないのかもしれない。

美幸は絶望感に顔を強張らせながら、彼と共にエレベーターに乗り込んだ。

「――最上階、なんですか……？」

玲一郎が押した階数に眼を留め、怖々問う。そこは、スイートルームだ。先日も同じ階だったので、嫌でも覚えていた。

「ああ。融通をきかせてもらっているから」

「……？」

他に空いている部屋がなかったという意味だろうか。こちらに背中を向けたままの彼に重ねて質問するのは気後れし、美幸は押し黙った。沈黙が耳に痛い。居心地悪く身じろげば、繋ぐというより囚われたままの手に、力が込められた。

逃がさないと、無言のまま告げられる。痛いくらいの拘束からは、玲一郎の意思が言葉より雄弁に伝わってきた。

「逃げませんから……放してください」

返事はない。

最上階のフロアは、静まり返っていた。彼がまっすぐ進んだ先は、やはり前と同じ部屋。慣れた手つきで解錠した玲一郎によって、美幸は中に押し込まれた。

「きゃっ……」

扉が閉まる。広い室内であっても、密室となった箱の中で二人きりなのが急に生々しく感じられた。

「……そこに座って。何か飲むか？」

「い、いいえ……」

ジャケットを脱ぎ、ネクタイを緩める彼の姿にドキリとした。妙な色香を嗅ぎ取り、美幸は慌てて眼を逸らす。

空気が重い。呼吸さえ躊躇《ちゅうちょ》するほど、陰鬱《いんうつ》な雰囲気に支配されていた。ソファーの端に腰かけた美幸は、俯いて忙しく指を組みかえる。けれど意識の全ては、玲一郎に向いていた。

衣擦れや足音にいちいち慄いてしまう。心臓が煩く脈打ち、呼吸が浅くなる。どう切り出せばいいのか迷い、一言も発することができない。冷たくなった指先を持て余していると、突然隣の座面が沈み込んだ。

「……っ」

横に座られるとは思っていなかった。彼は向かいに腰かけるものだと勝手に予想していたのだ。だから間近に感じた男の気配に、美幸の心臓は縮み上がった。

「——さて、偶然とは言え驚いたな」

「偶然……？」

「ああ。まさか君と同じ会社で働くことになるとは思わなかった。流石に今朝は驚いた」

だとすれば、玲一郎にとっても想定外の事態だったということか。

——じゃあ、今夜のこれは、口止め……？

微かな期待が胸に湧く。希望を込めて美幸が隣を見ると、熱の籠った瞳で見つめ返された。

「あの夜のことは、どう解釈している？」

「……その、ご迷惑をおかけして……」

「そういうことを聞いているんじゃない」

謝罪を口にしようとした矢先ピシャリと遮られ、美幸は視線を泳がせた。

何を求められているのか分からない。懸命に考えて、捻《ひね》り出した答えは一つ。

「……あっ、お金が足りませんでしたか？　あの、おいくら支払えば……」

こんなハイクラスの部屋では、美幸の給料など吹き飛んでしまうかもしれない。だが自分で蒔いた種だ。きちんと支払うつもりで、鞄を開きかけた。

「俺を馬鹿にしている？」

しかし間違いを犯してしまったらしい。途端に低くなった彼の声に、美幸の肩が跳ね上がる。向けられる双眸には、苛立ちが滲んでいた。

「馬鹿になんて……っ」

「とりあえず、君の態度からあの夜のことを覚えていることは確信できた。かなり酔っていたら、記憶が飛んでいる可能性もあったが――」

そこで言葉を区切った玲一郎がこちらに身を乗り出してきた。秀麗な容貌が近づき、反射的に胸が高鳴る。右眼を眇《すが》める癖が、光次を思い起こさせた。

「起きたら君が消えていた時の俺の気持ちを、一度でも想像したか?」

痛いところを突かれ、美幸は息を呑んだ。

正直なところ、自分のことに精いっぱいで、彼の心情など微塵も考えていなかった。確かに、一晩を共にした相手が姿を消しては、気分が良くないだろう。怒りを覚える気持ちも理解できる。それでも――どうせ行きずりなら、煩わしい遣り取りをせずに済んだとも言えなくはない。

「……不快にさせてしまったのなら、謝ります。すみませんでした」

美幸は素直に頭を下げ、今日限りでこの問題を決着させたい気持ちを滲ませた。玲一郎にとっても、その方が好都合のはず。

だが、垂れていた頭を上げた美幸は、己の過ちを悟った。

「――やはり、まるで理解していない。呆れるほど無神経だな」

「え……っ」

何が彼の逆鱗《げきりん》に触れたのか分からぬまま、上体を仰け反らせる。けれど開いた距離は、すぐさま縮められた。――玲一郎に押し倒されたことで。

背中に感じるのは、ソファーの感触。見上げた視界には苛立つ男の顔。

天井が高いな、と思ったのは、現実逃避でしかない。無関係なことを考えなければ、悲鳴を上げてしまいそうだった。

「まさか、あの三万で俺を買ったつもりか？」

「そ、そんな気はありませんでした」

「……へぇ。てっきりそういう意味なのかと思って、少なからず傷ついた。でも違うなら、俺は終わらせるつもりはない」

「……っ？」

悪夢のような宣言をされ、美幸は眼の前が真っ暗になった。愕然《がくぜん》とし、何も言葉が出てこない。

終わらせない、というのは身体だけの関係を続けたいということか。始まりがあんな形だったから、貞操観念の低い女と思われているのかもしれない。丁度いい遊び相手だと認定されたのだとしたら、とんでもない誤解だ。

「私は……っ、そういうのは無理です。他の人を当たってください……！」

彼ならば、喜んでお付き合いする女性はいくらでもいるだろう。そんな失礼な気持ちが、思わず美幸の口から漏れていた。

「……つまり君は、俺が女なら誰でもいいだらしない人間だと言いたいわけだ」

彼の怒りの度合いが確実に変わった。先ほどまでも不機嫌ではあったが、ここまで冷ややかな空気を発してはいなかったはずだ。けれど今は、背筋が震えるほどの怒気が漂っている。

選択を誤った。それも、最悪な方向に――

「あ、あのっ……」

どうすればこの状況を打破できるのか必死で思考を巡らせたが、そもそも美幸が上手く立ち回れる性格なら、こんな破目に陥ってはいない。不器用だからこそ、のっぴきならない事態になってしまったのだ。だがこれだけはきちんと伝えなければならない。

「わ、私、好きな人がいるんです。あの夜は、彼と宇崎課長を見間違って……！」

恥を忍んで真実を述べた。

「いつもなら、あんなこと絶対にしません。でも、とてもショックなことがあったので、それで……」

「――恋人？」

奇妙に温度のない質問に、美幸の胸に痛みが走った。

恋人、ではない。それどころか生きている相手でさえない。答えに窮していると、玲一郎は口の端を歪めた。

「……違うんだな。だったら義理立てする必要もない。あの夜の君の言動から察するに、どうせ叶わない想いなんだろう」

まさしくその通りなので絶句してしまった。反論が、出てこない。心の中では『それとこれとは別問題だ』と叫んでいても、現実には押し倒されたまま瞬いているだけ。思考停止してしまった頭は役立たずで、美幸は呆然とするより他になかった。

「それなら、大人として楽しむのも悪くないと思わないか?」

「……っ、嫌ですっ……！」

取られた手の甲に口づけられ、美幸は呪縛から解放された。

何をどう言われても、セフレなんて絶対にごめんだ。これだけは、決して譲れない。二度も光次を裏切ることはできないと、強く思った。

とっくの昔に別れている彼に操を立てる必要はないけれど、これは美幸の中で譲れない一線だ。まだ光次を好きだと自覚したからこそ、誘惑に乗ることはできない。

「あの夜のことは、申し訳ありません。ですがこれからのことを考えれば、なかったことにするのがお互いのためだと思います」

「……それで？」

たった一言返された言葉に、肌が粟立った。

細められた瞳に、冷酷な光が宿る。玲一郎の顔立ちはやっぱり光次に似ているのに、表情一つで完全に別人だと言わざるを得ない。

かつての恋人は、こんな冷たい顔はしていなかった。意地悪く、こちらを見透かすような鋭い眼差しではなく、いつも柔和に頬を綻ばせていた。

残酷な差異に美幸の意識が揺れる。

──ああ……私、こんな時でも宇崎課長の中に光次を探してしまっている……

「──何を考えている？」

顎を摑まれ、強制的に視線を捕らわれた。

悲鳴じみた声が漏れたのは、玲一郎からの威圧感が尋常ではなかったからだ。

「何を考えていたのか、聞いている」

繰り返された質問に答えられず、美幸は首を左右に振った。顎を摑まれたままなので、少し痛い。だがそれより、こちらを見つめる瞳の強さに射貫かれそうになっていた。

「言えないのか？　……その『好きな男』のことでも思い出していたのか」

図星を突かれ、動揺が堪えきれなかった。今美幸の心にいるのは、紛れもなく光次だけだったからだ。

彼に似ている玲一郎と対峙《たいじ》していると、否が応でも思い出してしまう。違うところを見つけてしまうのは、その分光次のことを考えているからに他ならない。相違点を見つけ安堵し、同時に落胆しているのだ。

――最低。

不誠実すぎて、吐き気がした。

泣きたくなる虚しさの中、美幸はゆっくり息を吐き出す。

「……私は、遊びで男性と付き合えるほど、慣れていないんです」

あの夜は例外。色々な偶然が重なって、美幸は足を踏み外した。玲一郎を巻き込んでしまったことは申し訳なく思うが、どうか忘れてほしい。

気持ちが伝わるよう、努めて冷静に語った。相手の眼をまっすぐ見て、真摯《しんし》に告げる。

玲一郎の為人《ひととなり》はまだよく知らないけれど、酷い人ではないと思う。少なくともあの晩の彼は優しかった。

美幸の身体を大事に扱ってくれたし、乱暴にされた記憶はない。無理やりではなかったと断言できる。それ故に、罪悪感が拭えないのだ。

「……遊び、ね」

呟いた彼が美幸の上からどき、圧迫感から解放された。ほっと息を吐き、素早く起き上がる。どうやら思いが伝わったらしい。ここまでついて来て良かったと美幸がホッとした時——

「君の言いたいことはよく分かった。でも俺には関係ない」

「……宇崎課長……っ？」

真横から抱きしめられ、彼の呼気に耳朶を擽られた。

ワイシャツ越しの感触が、生々しい。跳ねた鼓動がそのまま疾走《しっそう》する。速くなるばかりの美幸の心音は、今にも破裂しそうな速度になっていた。

「や、放して……っ！」

「断る。——会社に知られれば、困るだろう？」

脅迫じみた台詞に、もがこうとしていた手は止まった。いや、真実脅迫に等しい。

美幸の勤める会社は社内恋愛を禁止も推奨もしていないが、それは拗《こじ》れた場合ゴタゴタしないなら、という注釈がつく。万が一仕事に支障をきたすことになれば、速やかにどちらかが異動になることは眼に見えていた。

その場合、まず間違いなく別部署へ移されるのは美幸の方だ。

——もしもこの件を公にされたら……

傷を負うのは双方。だがより痛手を被るのがどちらなのかは、火を見るより明らかだった。

大金をかけて引き抜いた優秀な幹部候補を、たかが痴情の縺《もつ》れで処罰対象にするとは思えない。切り捨てられるなら、原因を作ったこちらに決まっている。考えなくても分かる結論に、美幸の全身が凍りついた。

「やめて……っ、誰にも言わないでください……！」

「それは、君次第だ」

愕然として玲一郎を見返すと、腹立たしいほど落ち着き払った眼差しを返された。――いや、感情を巧妙に隠した、本心を読めない瞳だ。絡みつくような視線の重さに、呼吸が苦しくなる。立ち上がろうとした美幸の身体は、逞しい腕に阻まれていた。

「どういう……意味ですか」

聞きたくない。聞かなくても分かっている。彼が求めるものの歪さに、考えることを放棄したいだけ。至近距離で凝視し合えば、二人の周りだけ温度が上がった気がした。

夜が深まる。空気が濃密になってゆく。艶めく気配に、喉が震えた。

「……わざわざ俺に言わせたい？　――嗜虐《しぎゃく》的だな。いや、被虐的なのか？」

どっちが――という言葉は乱暴なキスに呑まれていた。

最初から舌を捻《ね》じ込まれ、荒々しく口内を侵食される。唾液を掻き混ぜ、強制的に粘膜を擦り合わせられた。

まるでセックスそのもののようなキス。混じる吐息が乱れ、熱く肌を滾らせる。顎の力が緩んだ瞬間、更に深く唇を貪られた。

「んっ、ぅんん……っ」

玲一郎の身体を押し返そうと美幸は両手を突っぱねたが、びくともしない。硬い胸板は、非力な女の力などものともしていなかった。むしろ抱き寄せる力に負け、密着感が増す。後頭部を摑まれ、再びソファーに押し倒されていた。

「……ぁっ」

ブラウスにかけられた手に怯《おび》え、身を強張らせる。『破られる』と咄嗟に感じたけれど、予想外に彼の手は丁寧に小さなボタンを外していった。

「駄目っ、嫌です……！　やめてください。宇崎課長なら、私なんかでなくても他にいくらでも相手がいるでしょう……っ？」

何も嫌がる女に無理強いする必要はないと思う。もっと将来的にためになる女性でも、割り切った遊びを楽しめる人でも、選び放題ではないのか。リスクを背負ってまで手を出す価値は、自分にはない。

「そ、それに何も証拠はありません。私たちにあの夜何があったかなんて、誰も知っている人はいませんから……！　貴方が会社に訴えたところで、私は認めませんよ」

どうにか見つけた活路に、美幸は飛びついた。

そうだ。考えてみれば、否定すればいいだけ。多少噂になる恐れがあっても『知らぬ、存ぜぬ』で押し通せるかもしれない。あの時点で二人は面識のない他人だった。出会った店は美幸の行きつけではない。仮に目撃者がいたとしても正確に覚えてはいないだろうし、わざわざ証言などするはずがないのだから。

「一歩間違えれば、宇崎課長のセクハラです」

他者を脅したことなどない美幸の声が震えた。だが、ここで引くわけにはいかない。

眼を見開き、しっかり彼を見据えた。

胸の乱打は、先ほどまでと理由が違う。緊張から、掌が汗ばんだ。

「証拠、ね」

「ええそうです。ですから穏便に終わらせてください」

「これなら充分証拠になると思うが？」

ワイシャツの胸ポケットから何かを取り出した玲一郎が、思わせ振りに摘んだものを左右に振った。

ごく小さいそれが、光を反射してキラリと光る。仰向けに横たわっていた美幸は、彼の親指と人差し指に挟まれたものの正体を知り、声にならない悲鳴を上げた。

ダイヤのピアス。片側だけのそれは、五つの石を使って花を象っている。小振りでも照りのいいダイヤが、この場に不釣り合いに煌《きら》めいていた。

「私の……っ」

なくしたと思っていたのに、まさか玲一郎が拾っていたとは。反射的に取り返そうとして手を伸ばしたが、軽く躱《かわ》されてしまった。

「今日が初対面のはずなのに、金曜日君が身に着けていたジュエリーを俺が持っているのは何故だろうね。他人は色々詮索したくなるんじゃないかな」

「そんな……」

狼狽《ろうばい》しすぎて、上手い言い訳が思いつかない。もっと冷静であれば狡猾《こうかつ》に立ち回れたかもしれないが、あの夜以来心が休まらない美幸には無理だった。言葉が、思考が、空回りしている。無意味に空気を食んだ口は、役立たずだった。

「……返して、ください」

ようやく絞り出せたのは、情けない懇願。どちらが優位に立っているかなど最初からはっきりしていたが、より明確になる。

心が折られた美幸は、滲む涙を瞬きで振り払った。

「お願いします。大切なピアスなんです。だから……っ」

「代わりのものを贈ろう。俺は、付き合う女性にはそれなりに投資する」

身体だけの相手であっても――と幻聴が聞こえた。彼はピアスを再び胸ポケットにしまい込むと、シャツを脱ぎ捨てた。遠くに放られた男物のシャツに手は届きそうもない。代わりに露になった引き締まった男の身体にクラクラする。

逃れられない。全身に重い鎖が巻き付き美幸を戒める。気のせいでしかない感覚に、心のどこかが死んでゆくのが感じられた。

こんなこと間違っている。正気じゃないし、どうかしている。だが、他にどうすればいい？

退路は完全に塞がれた。敗北を悟った美幸に、できることなどもう何もない。支配者の意のまま操られるだけだった。

差し伸べられた手はまやかし。救いに見えても、堕落への誘惑に過ぎないから。ここで踏みとどまらなければ身の破滅──頭で分かっていても選べる選択肢はもはや存在しない。

促されるまま、美幸は眼を閉じた。玲一郎が身体を倒す。大きな体軀が覆い被さる圧迫感に、美幸の目尻から涙がこぼれた。

──ああ……この香り……

隷属《れいぞく》の証のキスは、心とは裏腹に情熱的に交わされた。

スカートを捲り上げられ、ストッキング越しに太腿を撫でられる。シャリッとした感触に膝が震えた。内腿に滑り込む彼の手を、拒む権利は既にない。

美幸が瞑目したまま耐えていると、突然首筋に嚙みつかれた。

「痛っ……」

「ちゃんとこっちを見ろ」

玲一郎の眼にあるのは、劣情と苛立ち。思い返してみれば、彼は不機嫌そうな表情を浮かべていることが多い。いつも笑っていた光次とはまるで違う。よく似た香りに惑わされ、追憶の中に逃げ込もうとしていた美幸は、現実に引き戻されていた。

「こんな時くらい、集中しろ」

「痕は、つけないでください……」

「今更？　まだ前の痕がこんなに残っている」

嘲る口調と共に鎖骨をなぞられ、美幸は肌を震わせた。

「これ以上は……っ、困ります……！」

文句とも言えない反抗が精いっぱい。なけなしの矜持《きょうじ》で歯を食いしばった。せめて余計なことは話したくない。少しの間我慢すれば、玲一郎もいずれは自分に飽きるだろう。面白みのない女に、さほど執着するとは思えない。何度か付き合えば、きっと満足して離れてゆく。それまでの辛抱だと思い、美幸は心と身体を乖離させた。

「……そんなに俺は光次とやらに似ていた？」

「どうして、その名前を……」

一言も発するものかと思っていた意地は、あえなく壊された。彼の口からかつての恋人の名前が出てくるなんて、夢にも思わなかったからだ。

「あの夜、散々間違って連呼していたからな」

冷笑を刷いた玲一郎の唇が酷薄に映る。だが細められた瞳には、美幸の心情が見せる幻なのか、不可思議な何かがよぎった気がした。

「いつもあんな飲み方をしているのか？　だったら改めた方がいい」

「普段は、外で酔うほど飲みません。……宇崎課長には関係のないことです」

深く詮索されたくなくて、殊更頑なに返事を拒んだ。その質問は、美幸にとって触れられたくないことに繋がっている。心の奥底、光次だけがいる場所に関わる繊細な問題だから、土足で踏み込まれたくなかった。

「……確かに、俺には無関係だな」

ほんの僅か、揺らいだ感情が垣間見えた心地がした。

美幸が思わず彼を見上げると、これまで通りの整っていても冷ややかさを感じさせる容姿で、見下ろされている。感情は、相変わらず読み取れない。それなのに、どこか玲一郎を傷つけてしまったと思った。

「あの、課長……？」

「役職で呼ぶのはやめてくれ。流石に萎《な》える」

それならそれでむしろ好都合なのだが、いくら何でも素直に告げるのは憚《はばか》られた。あの夜、自分だって名前を呼んでほしいと懇願した記憶があるからだ。数瞬迷い、美幸は口を開く。

「……宇崎、さん……」

「――今はそれで我慢しよう」

とてもではないが下の名前で呼ぶ気にはなれなかった。美幸はこれまで、男性を名前で呼んだことは、あまりない。兄弟も男友達もいないため、機会がなかったのだ。例外は光次だけ。あらゆることが、唯一愛した人に繋がっていた。

忘れられない人を胸に描きながら、別の男性と肌を重ねる。倒錯的な行為に贖罪の気持ちが募ってゆく。ましていけないと知りつつ快楽を植え付けられて、己の淫らさにまた落胆した。

服を脱がされて生まれたままの姿にされる。途中、明かりを消してほしいと言ったが、すげなく却下された。

大きな窓ガラスの向こうは見事な夜景が広がっている。空に星は見えないのに、地上は眩いばかりに色とりどりの光を放っていた。

――偽物の明かりを。

この行為に愛はない。あるのは即物的な快楽だけ。何てふしだらで浅ましい関係なのだろう。

けれど美幸は、こうしている間だけは光次のことを忘れられるのも学習済みだった。絶大な快感に溺れていれば、余計なことを考えなくて済む。一人で過ごした週末は、本当に地獄同然だった。長すぎる夜は寂しさや悲しみにつけ込んでくる。

仕事をしていれば多少は気が紛れても、それだけでは足りない。

一瞬でいいから、全部忘れてしまいたい。頭が真っ白になる感覚を求め、美幸は玲一郎の肩に手を回した。もっと言うなら、他者の温もりを感じたかったのかもしれない。

「舌を出して」

言われるがまま従えば、蕩けるような口づけをされた。彼はキスが上手い。クラリと揺れた頭の芯に、官能が灯されてゆく。

弄《まさぐ》られた肌に愉悦の種が埋め込まれ、強張っていた四肢が解れる。梳かれた美幸の毛先は、さらりとソファーから床に流れた。

「綺麗な髪だ」

光次が好きだと言ってくれた髪を褒められるのは嬉しい。けれど複雑で、返す言葉が見つからない。適切な反応を返せない美幸は、押し黙るしか方法を思いつかなかった。

「でも俺はもっと短い方がいい。その方が今の君に似合う」

「短く切るつもりは、ありません」

光次との思い出に通じるものを、損なう気はさらさらなかった。まして肉体関係を強要してくる相手の希望を取り入れるつもりは毛頭ない。

取り付く島もなく美幸が断れば、それ以上玲一郎は何も言ってこなかった。

ただ髪を梳く手は、場違いに優しい。摑んだひと房に時折口づけられて、困惑する。彼が何を考えているのか、本当に分からない。

もしかしたら、物慣れない美幸をからかっているのだろうか。だとしたら、相当趣味が悪い。

また一つ光次との違いを見つけ、美幸はモヤモヤする思いを蓄積させた。

ホッとしたのか。落胆したのか。区別できない感情に先日からずっと引き裂かれている。

それ故に何も考えたくなくて、玲一郎の愛撫を受け入れた。

脚の付け根に滑り込んだ彼の指先が、蜜口をなぞる。覚えのある触れ方に、キュンっと下腹が疼いた。

淫らな己の本性は、貪欲に玲一郎を求めている。あの嵐のような一夜を身体が記憶して、これまで一度も経験したことのない淫楽を、もう一度味わいたいと願ってしまっていた。

「ぁ……っ」

堪えられず漏らした声は早くも濡れ、『本心からの合意ではない』という言い訳を容易《たやす》く砕く。自分に失望した美幸は、強く唇を噛み締めた。

「噛むな。傷になる」

「ふ、んぐっ……」

歯を抉《こ》じ開け口に押し込まれたのは、彼の指。人の皮膚の感触に、慌てて顎から力を抜く。すると口内で縮こまっていた舌を、優しく撫でられた。

「別に思い切り歯を立てても構わない」

「ん、ぁ」

馬鹿なことを言うなと言おうとしたが、舌の中央を押さえられ、上手く発音できなかった。口の中という脆い部分を支配され、ろくに動くこともできない。噛むという選択肢は美幸になかった。

「律義だな」

嘲笑とも違う笑みで、玲一郎が首を傾げる。丁寧に撫でつけられていた彼の髪が乱れ、額に落ちかかった。

意外に長い前髪の隙間から、鋭い眼差しに射貫かれる。こくりと息を呑んだのは、おそらく同時。

乱れた吐息を合図に、美幸は片脚を持ち上げられた。

「あっ……」

大きく脚を開かせられれば、秘めるべき場所が丸見えになってしまう。たとえ初めてではなくても、抵抗感はある。しかも今夜は素面。

咄嗟に内腿に力を込めれば、咎める指先に柔肌を撫で上げられた。

「ふ、ぁっ」

絶妙な力加減で圧を加えられ、いやらしい声が漏れてしまった。

彼の触れ方はいつも的確だ。こちらの理性や冷静さを引き剝がされる。自由自在に奏でられる楽器になった気分で、美幸は喘ぎを抑えられなくなった。

まだ内側には触れられていない。指の先さえも挿れられていないのに、隘路が戦慄いて堪らない。花弁の縁を周回されただけで蜜液が滲むのが自分でも分かった。

「ん、ん……っ」

「君はどこもかしこも敏感で、甘い匂いがするな。……誘われている錯覚を起こす」

「ぁ、いやぁ……っ！」

右脚を抱え上げられ、折りたたまれる。それだけなら、悲鳴は我慢できたと思う。しかし一番恥ずかしい場所に玲一郎が顔を近づけたので、美幸はなりふり構っていられなくなった。

「やめ、汚いっ……！」

美麗な顔立ちの男が、美幸の秘裂に舌を伸ばした。シャワーを浴びてもいないのに、信じられない。流石に大人しく横たわっていられず、全力で抵抗した。

「それは駄目っ……ぁ、ああッ」

舌先に突かれたのは、敏感な蕾《つぼみ》。神経が集中する花芯を責められ、美幸はあえなく陥落した。絶大な快楽に襲われて、指先が戦慄く。丸まった爪先はソファーの上でもがいていた。

「ぁ、あッ、ゃ、ああっ」

舌全体で押し潰され、弾かれ、弄《もてあそ》ばれる。弱い花芽はたちまち膨れて、一層快楽の虜になっていた。

美幸の心を裏切って、もっと触ってほしいと懇願している。卑猥な色に染まり、痛々しいほど顔を覗かせていた。

「んぁあ……っ、も、やめてぇっ……」

気持ちがよすぎて身体に力が入らない。ビクビクと痙攣するだけの四肢は、情けないほど正直だった。

やめてと言いながら跳ね上がる腰は、もっととねだっているのと変わらない。見せかけの抵抗が彼に通じるはずもなく、より甘い責め苦が苛烈《かれつ》になる。今や窄めた唇にも食まれ、美幸は絶頂に押し上げられた。

「ぁああっ」

体内から、蜜が溢れる。滴る体液は、快楽を得た証だ。熟れた頬も蕩けた瞳も全部、嫌になるほど発情した女のものだった。

どうしようもなく心地がよくて、同時に虚しい。

何故人は、思い出だけをよすがにして生きていかれないのだろう。今この瞬間、美幸は傷つきながら救われてもいる。懐かしい香りに包まれ、人肌に癒されていた。光次とは別人であることを理解しつつ、玲一郎を利用している。

被害者の振りをした加害者でしかない。脅迫されたと言い訳し、他者の体温に包み込まれる懐かしさを思い出していたのだから。

——汚い。狡い……

いっそ自分を組み敷く男が、もっと非道な人ならよかった。そうすれば心置きなく嘆き悲しむだけでいられたのに。

現実の玲一郎は、皮肉なほど美幸の身体を気遣って触れてくる。していることは褒められたものではないのに、虐げられている気分にはならなかった。彼は、過分な痛みを決して与えてこない。あくまでも溺れるほどの快楽だけ。

美幸の反応を窺いながら、愉悦で縛りつけてくる。いつしか搦め捕られ、振り解く気力も奪われてしまうのだ。

「うつ伏せになって」

こんなに広い部屋の中、通常より大きいとは言え狭いソファーの上で絡み合っているのがおかしい。けれど指摘する気にもならず、美幸は従順に体勢を変えた。這いつくばる姿勢になり、背後の玲一郎を振り返る。意図せず雌猫めいた仕草になり、髪を掻き上げた彼の喉仏が上下した。

「そのまま、腰を上げて」

指示に従い、淫猥な体勢を取った。恥ずかしい気持ちは拭えないのに、この場の雰囲気に呑まれ拒めない。熱い眼差しに炙られて、肌が火傷してしまいそう。それ以上に頭が沸騰し、何も考えたくなかった。

丸い尻を撫でられて、喜悦が背筋を駆け抜ける。美幸がソファーの座面に顔を埋めると、二本の指で開かれた陰唇に彼の舌が再び這い回った。

「ん、ぅあっ」

一度達したせいか、先刻よりも過敏になっている。腰が崩れそうになると支えられ、より後方に尻を突き出す体勢にされて、蜜路に舌を捻じ込まれた。

「ぁあんッ」

美幸の太腿を、淫らな体液が伝い落ちる。溢れて止まらない泉のせいで、秘所はびしょ濡れになっていた。ぐずぐずに蕩けた内壁を玲一郎の舌が往復し、ふしだらに締めつけてしまう。鳴き喘ぎ、ソファーに爪を立てても、高まる熱を逃せなかった。

美幸の腰は勝手に揺れ、後方の彼を誘っている。自分でも呆れるほど艶めかしく卑猥な動きを止める術《すべ》が分からない。知っているのはたぶん、玲一郎だけだった。

「可愛い」

本気のはずもない台詞に、胸が締めつけられたのは光次と声が似ていたから。四つん這いのこの体勢では、相手の顔が見えず、それ故に余計もうこの世にいない人と混同せずにはいられなかった。

声音や香りに喪った人を探している。不意に重なる面影を拾い集めて、自分はいったい誰を裏切っているのだろう。

美幸を振った元恋人か。それとも己自身の恋心か。

答えは見つけたくないから、強く眼を閉じた。

視覚を遮断したせいで他の感覚が鋭敏になる。深く鼻から息を吸ったことに理由はない。そう自身に言い聞かせ、美幸は背をしならせた。

「んぁ……ぅ、あ、あっ……やぁ……っ」

背後でベルトを外す音が聞こえ、秘裂に硬いものが押しつけられる。こみ上げた思いに、今はまだ名前をつけたくない。貫かれる衝撃を言い訳にして、美幸は頭の中を空っぽにした。

体内に押し込まれる彼の熱杭を締めつけ、激しく揺さ振られる。情熱的に求められる錯覚を、敢えて否定せず受け入れた。

軋むソファーの上で、二人の影がぴったり重なる。窓に映る姿は淫猥で、獣そのものだ。釣鐘状になった乳房を揉みしだかれ、快楽が高まってゆく。愉悦の波に呑まれながら、美幸は髪を振り乱した。

長く伸ばした髪が跳ね、汗まみれになった肌に張り付く。口に入り不快だった毛先は、玲一郎が乱れた毛束ごと横に流してくれた。

「あっ……」

晒された首に、吸い付かれる。背中や肩にも、彼の唇が落ちてきた。

何かを刻もうとする切実さで押し当てられる唇が熱い。美幸の身体に焔が灯される。何度も繰り返される度、全身が性感帯のように鋭敏になっていた。

「ぁ、あ……んぁッ……ああっ」

「どこもかしこも、熟れた果物みたいだ」

淫靡な水音と打擲音が激しくなる。肉筒を穿たれる度、愉悦が高まった。下腹が収縮し、玲一郎の屹立を貪欲に食いしめる。

美幸の隘路は、彼が抜け出ていけば追い縋り、深く突かれれば更なる奥へ誘っていた。

「あぁッ、も、ひぁっ……」

「散々嫌がっていたくせに、そんなに締めつけるな……っ」

「違っ……ぁああっ」

こぼれた涙や唾液を拭う余力はない。

浅ましく肢体を揺らし、玲一郎と同じ律動で踊った。彼の身体の下で、ただの女になり果てる。蹂躙された内側が痙攣し、美幸に限界を告げてきた。

「あっ、ぁあぁ……っ」

最奥を抉られた衝撃で、一気に弾けた。不随意に蠢く粘膜を、荒々しく掻き回される。達している最中に内壁を摩擦され、高みから下りてこられない。過ぎた快楽は苦痛でもある。涙を流しながら、美幸は悶えた。

「や、イっているからぁ……！」

「……っく」

「ひぃ……っ」

局部を密着させ、被膜越しに欲望の迸りを感じた。淫路の中でビクビクと玲一郎の剛直が跳ねている。その刺激からも快楽を拾ってしまい、なかなか喜悦の波が引いてくれない。指先や爪先までが硬直し、最後の一滴まで淫悦を味わい尽くそうとしていた。

やがて四肢が弛緩して美幸がソファーの上にくずおれると、彼がゆっくり抜け出てゆく。攪拌され泡立った蜜液が、白く濁りながら美幸の太腿を伝い落ちていった。

「……ぁ、ぁ……」

もう、指一本動かす気力もない。ぐったりうつ伏せに倒れたまま、眠りの中に逃げ込みそうになる。思い返してみれば、美幸はこの二日間ろくに眠っていないのだ。疲労と心労は、限界に達していた。

――シャワーを浴びたい……

心に住む人とは違う男性の匂いを纏ったまま、眠りたくない。たとえどれだけ似ていても――いや、似ているからこそ洗い流したい欲求に駆られる。色んな感情がない交ぜになった朝を迎えるには、受けた傷が深すぎた。

「……美幸」

今日初めて聞いた『羽田さん』ではない、親密さを漂わせた玲一郎からの呼び名。痛む胸の意味を見つめ直すより早く、起き上がる余力のない美幸は泥のような睡魔に身を任せていた。

3　出口のない夢を見る

午後二時のオフィスは、どこか気怠い空気が流れている。

ランチタイムを終え、丁度眠気が高まる時間帯。

報告書を作成しながら、美幸は陰鬱な溜め息を吐いた。

「――ちょっとぉ、さっきから何なのよ。こっちまで暗くなっちゃう。悩みがあるなら聞くよ？　退社後飲みに行く？」

隣の席に座った亜香里に肩を叩かれ、美幸はハッとした。

いけない。指先はキーボードを叩いていたが、意識は完全に飛んでいた。

「あ、ご、ごめん。ちょっと考え事していて……」

「美幸、最近忙しいもんね。ほとんど毎日店舗視察だ、商談だ、展示会だって飛び回っているじゃない。で、遅くに戻ってきてデスクワーク。そんなに立て込んでいるの？　私、

「ありがとう、大丈夫。ちょっとたまたま色んなことが重なっただけ……」

二度目の夜を玲一郎と過ごして以来、不本意な関係はもう三か月も続いていた。その間、彼が美幸に飽きる素振りはまだない。時間が許す限り呼び出され、例のホテルで身体を重ねている。

完全なるセフレだ。

都合のいい女として扱われ、性欲処理の道具に成り下がった最低の気分だった。

不可解な点があるとすれば、最初の宣言通り代わりのピアスを贈られたことだろうか。

普通は、遊び目的の女に高価なプレゼントなんてしないだろう。

渡された品は、美幸が自分で購入した商品より、ずっと高価なことが一目で分かる代物だった。まず、ダイヤの大きさが倍近い。その上鑑定書がついており、慌てて突き返した。

そんなものを貰う理由がなかったからだ。一歩間違えば『報酬』ではないか。もし受け取ってしまえば、セフレどころか売春である。冗談じゃない。

宝飾店のケースごと押し返した美幸に、玲一郎は不機嫌そうに顔をしかめた。

それからは何度『私のピアスを返してください』と頼み込んでも、『……返す気はない』と言われて、彼が買ってきた商品を無理やり鞄に捻じ込まれてしまい、結局問題のピアスは持ち帰る破目になったのだが――

部屋の中にそのまま置いてある豪華なピアスを思い出し、美幸は再びこぼれそうになった嘆息を呑み込んだ。

約三か月前に押しつけられたものは、完全に返すタイミングを失っていた。今更とも思うし、一刻も早くとも焦っている。とは言え、簡単に彼が引き取ってくれるとは思えない現状で、持ち歩くことに不安があるのだ。

高価な品であるという事実以上に、誰かに見られることが怖い。いくら何でも他人の鞄を漁る人間など社内にはいないが、万が一ということもある。噂好きの女性陣の眼を欺くことは難しいのだ。

結果ズルズルと時間だけが経過しているのだが――

「あーあ。今日は宇崎課長がいないから眼の保養ができなくて、気が乗らないわぁ」

伸びをしながら呟いた亜香里の言葉に、美幸は凍りついた。

耳にしたくなかった名前をいきなり聞いた動揺を押し殺す。ミスタッチはしてしまったけれど、どうにか平静は装えたと思う。

「課長ってば、もう本当、格好いいよね。見た目は勿論だけど、この前も部下のミスを庇《かば》って先方に頭を下げて、見事解決しちゃったし。しかも相手は気難しくて有名な三葉《さんよう》株式会社の担当者だよ？　その後もミスった本人を責めることなく諭して……ああ、思い出しても素敵だったわぁ。美幸が不在の時だったけど、話は聞いているでしょう？」

「う、うん」

曖昧に首肯し、こぼれそうになる溜め息を呑み込んだ。

玲一郎の社内での評価はうなぎ上りだ。間違いなく、優秀な男だと美幸でも思う。彼が課長として赴任してきてから残業は減ったのに、業績は毎月右肩上がり。難しい商談も難なく纏め、これまで誰も成し得なかった大口契約も見事結んでしまった。

職場の雰囲気も、格段に良くなっている。以前よりもっと働きやすくなったと言えるだろう。

浮足立つ女性社員の問題を除けば、マイナス要因は一つもない。――美幸以外にとっては。

――誰も、彼の本性を知らない……

部下を脅して、肉体関係を要求する男だなんて、きっとこの場にいる誰も想像さえしないだろう。仮に亜香里に打ち明けたとしても、おそらく信じてはもらえない。話す気があるのなら、もっと早い段階で相談すべきだったのだ。

玲一郎が皆の信頼を勝ち得てしまった現在では、美幸がどれだけ声を上げても無駄だとしか思えず、袋小路に迷い込んだ気分で、睫毛を震わせた。

――どうすればいいのか分からない……光次……

あれから美幸は光次の事故について詳しく調べた。

ずっと連絡を取っていなかった高校時代の友人にも電話して、詳細を聞き出した。得られた答えは、ニュースサイトで見た情報とたいして変わらない。彼はもうこの世にいないという事実だけ。

三か月が過ぎ、流石に何も手につかないという状況からは抜け出せたけれど、今でも信じたくないという気持ちに変わりはなかった。ふとした瞬間、思い出してしまう。

会いたい、と切に願う。

二度と会えないと知ったからこそ、余計に想いが募っている。寝ても覚めても心の中に光次がいた。

——苦しい。前にも後ろにも身動きが取れない。……違う。動きたくないんだ……

こうして追憶に浸っていれば、光次との楽しい思い出だけを反芻《はんすう》していられる。もし地元に帰って墓参りをすれば、本当の意味で現実に向き合わなければならない。彼がいない事実に自分が耐えられる気はしなかった。

——今はまだ。何も考えたくない……

「ちょっと、私の話ちゃんと聞いている?」

話にのってこない美幸に不満を覚えたのか、亜香里は唇を尖らせて、息を吐き出した。

「真面目だからなぁ、美幸は。でも残念ね。久し振りに一日社内にいるのに、課長は出張中で会えないいんだもん」

「そ、そうね……」

だからこそ、今日は朝からちゃんと出社したのだ。無理やり外に出なければならない用事を作らず、溜まった仕事を整理していた。

勿論、玲一郎が社内に不在なのは知っている。それこそ亜香里より先に把握《はあく》していた。何故なら彼本人から聞いていたからだ。

今日、玲一郎はいない。しかも明日は土曜日。来週の月曜日まで、顔を合わせることも、急に呼び出されることもない。

美幸の心は緊張から解き放たれていた。しかしそれは週明けになれば終わる自由だとも言える。

期間限定の平穏な時間。嬉しくもあり、終わった後のことを考えると恐ろしくもある。そんな複雑さの中で、自然と溜め息がこぼれてしまうのだ。

「相変わらず顔色が悪いしさぁ……ねぇ、本当に一度病院へ行った方がいいんじゃない？」

「平気だってば」

心配してくれるのはありがたいけれど、詮索されるのは煩わしい。どうせ、絶対に相談などできない。隠し通すことしかできないなら、聞かれたくないと思うのが本音だ。

——ああでも、本当に疲れたな……

やはり自分には人に言えない関係を結ぶことは向いていない。

毎日重苦しい荷物を背負わされているようで、とても楽しむなんて気分にはなれず、日々断罪されている心地だった。

――このままじゃ駄目だ。……もう一度、ちゃんと宇崎課長に言おう……

このまま続ければ、いつ心のバランスを欠いてもおかしくない。そう感じるくらい、美幸は追い詰められていた。

恋人ではない男性に身を任せて平然としていられるほど、強くも弱くもなりきれない。中途半端に保った理性と常識で、雁字《がんじ》搦《がら》めになる。

――三か月も付き合ったのだもの……そろそろ終わりにしてくれても、いいはずよ……

玲一郎は仕事ができ、人当たりもいい。厳しい面もあるが、理想の上司と言えるだろう。そして、女性陣からは最良の結婚相手として狙われている。

この部署からだけでなく、綺麗どころが揃う受付や秘書課からも熱い視線を向けられているのだ。だったら、目移りしないわけがない。

女が美幸だけしかいないのならいざ知らず、周りを見渡せばいくらでも才能に溢れるキャリアウーマンや、癒し系美女、女子力の塊のような可愛い子がいる。遊び相手として考えても、美幸の方が見劣りするだろう。

新たな職場に慣れてきたなら、自分になど固執せず、他の女性に眼が向いて当然だった。

今なら、関係の終了を申し出ても、案外あっさり了承してもらえるかもしれない。

――決めた。来週会ったら、改めて終わりにしてくださいと頼もう。課長にとっても、それが望ましいはずだわ……

決意を固め、パソコンのディスプレイに集中する。すると、メールの着信を知らせるメッセージに気がついた。

「……?」

いつものようにメールボックスを開いた美幸は、表示された送信者の名前に眼を見開いた。玲一郎からだ。仕事関係の連絡がくることはあるけれど、その場合大抵は電話で簡潔に済まされることが多い。

わざわざメールというのが、少しばかり不穏な気がし、一瞬読むことを躊躇う。だが放っておくわけにもいかない。業務に関わることなら無視など許されるはずもなく、怖々内容に眼を通せば、無機質な文字が並んでいた。

――『予定より早く終わり、今日の遅くにそちらへ戻れることになった。いつもの場所で、待っていてくれないか？　予約はしてある』――

読んだ直後、メッセージを削除したことは言うまでもない。

受信ボックスからその一文が消えても、美幸の指先は震えていた。

こんなメールを会社のパソコンに送ってくるなんて、いったい何を考えているのだ。誰かに見られたら大事になるのは間違いない。不用心にもほどがある。

メールをごみ箱からも削除して、美幸は詰めていた息をようやく吐き出した。

あり得ない――と脳内で彼を罵《ののし》りかけ、互いの個人的なアドレスの交換はしていないことを思い出す。つまり連絡を取るには、直接会うか会社に電話かメールをするしかないのである。

これまでは簡単な合図やメモで意思の疎通を図っていた。もしくは前に会った別れ際に、次の約束を取り決めてしまえば、大抵は事足りていたのだ。

だが今回は、急な予定の変更で彼の気が変わったのだろう。

本当なら、次回会う予定は来週の金曜日。そこまで待つつもりはないと言いたいらしい。

満喫しようとしていた自由な週末はお預けだ。

美幸は陰鬱な溜め息を吐き、また亜香里に怪訝《けげん》そうに窺われた。


――夕飯、食べてくればよかったかな……

一人では広すぎるベッドに仰向けに転がり、美幸はぼんやり天井を見つめていた。

玲一郎のメールには、何時頃この部屋にやって来るという記載がなかった。いや、あったのかもしれないけれど、既に消してしまったので確認のしようもない。

とりあえず退社後いつものホテルに向かいスタッフに声をかければ、彼が言った通り予約は済まされていた。部屋は相変わらずスイートルーム。

——こんなに立地がよくてスタッフ教育も素晴らしいホテル、よくいつも部屋が空いているな……

まるで無理がきく相当な上顧客か、年間契約で部屋を確保でもしているかのようだ。そこまで考え、美幸は苦笑した。

馬鹿馬鹿しい。いくらあの若さでヘッドハンティングされ上場企業でバリバリ仕事をこなす人でも、そこまでの給料を貰っているとは思えない。ラグジュアリーなホテルの、それもスイートルームを融通できるなんてあり得ないだろう。

——だけど、毎回宿泊費を宇崎課長が支払っているのは事実よね……いったいこの部屋、いくらかかるんだろう……

最初に渡した三万円は、散々揉めた挙句、受け取ってもらえなかった。以降、美幸に宿泊代の支払いを彼が求めることもない。だから、実際一泊いくらかかっているのか未だに知らないのだ。

——何となく聞くのが怖くてなぁなぁにしてしまったけど、関係を清算するならその辺りも綺麗にしないといけないわ……

鞄の中に下着の替えや一泊二日用の基礎化粧品を入れることが習慣になったのは、いつからだろう。いつ呼び出されても対応できるよう、社内のロッカーには着替えも置いてある。

少しずつ、けれど確実に日常を侵食されている。慣れまいとしていても、準備してしまう自分が嫌だ。その気がないと嘯きながら期待しているみたいではないか。

――こうして、メール一つで呼び出されてのこのこホテルに来て、シャワーを浴びて待っているのもおかしい……

汚れた身体のまま肌を重ねる抵抗感に耐え切れず、今夜の美幸はホテルに到着するなり、ざっと汗を流した。申し訳程度に薄化粧を施して、我ながら馬鹿みたいだと思う。まるで恋人同士の逢瀬。どこの誰が、これで強要された歪な関係だと信じてくれると言うのか。

自分の何かが染められてゆく。距離感が曖昧になり、心の内側が切り崩されているのを美幸は感じていた。このままでは、本当に壊れてしまいそう。

会社での二人は、ごく普通の上司と部下なのだ。玲一郎は他部署からも『仕事ができ、誰に対しても気遣いを忘れない理想的な上司』として見られ、実際美幸に対しても業務中は平等に厳しくかつ優しく接してくる。その姿だけを見ていれば、夜の彼はまるで別人か自分の妄想なのではないかと疑うほど。

付き合いが深まるほど、分からなくなる。

昼間の、的確な指示を飛ばし、下に対しても気配りを欠かさない『宇崎課長』と、夜の淫らで嗜虐的な強引さを隠さない『宇崎さん』。どちらが彼の本性なのか美幸には未だ摑めずにいた。翻弄された精神はがけっぷちに追い詰められている。

——限界だわ。これ以上は無理……

眼を閉じて頭の中を整理する。玲一郎が到着したら、どう切り出そう。時計を見れば間もなく夜十一時半になろうとしていた。

何かコンビニで買ってくることも考えたが、食欲はあまりない。この時間に食べる気にはもうなれず、せめてコーヒーでも飲もうと美幸は立ち上がった。

湯を沸かすため、部屋についているミニキッチンに足を向けたところ——

軽やかなチャイムが鳴った。慌てて扉に駆け寄り、「俺だ」の声に解錠する。

開いた扉の向こうには、やや疲労を滲ませた玲一郎が立っていた。

「悪い。待たせた」

「……いいえ」

反射的に『お帰りなさい』と言いかけたことに驚いたのは、美幸自身。自分たちの関係に相応しくない台詞で、出迎えてしまいそうになった。たぶん、こんなふうに彼を待つのは初めてだったからかもしれない。

狼狽を押し隠し、玲一郎を部屋の中に招き入れた。

「……予定より早く、戻れたんですね」

「ああ。先方との商談が、思いの外順調に運んだ」

それでも、当初の予定通り一泊してから戻った方がずっと楽だっただろう。疲れた身体に鞭打ってまで、今日中に戻らねばならない理由はなかったはずだ。

――何故、と聞いたらこの人は何て答えるのだろう……。

おそらくはただの気まぐれ。こうして何度も美幸とこのホテルに泊まっているのだから、外泊が苦手なわけはない。前の会社では、海外への買い付けも頻繁だったと聞いている。それなら、旅慣れしているはずだ。

――分からない。……分かりたく、ない。

「……コーヒーを淹《い》れようと思っていたのですが、飲みますか？」

「ああ、ありがとう」

キャリーバッグを部屋の隅に置き、玲一郎はネクタイを緩めた。何度も目撃したその仕草に、美幸はいつも見惚れてしまう。

高校時代男子の制服は、詰襟だった。当時までの光次しか知らないから、彼がもしもスーツにネクタイを締めたら、こんな感じだったのかと想像してしまうのだ。

「――何を考えている？」

美幸が盗み見ていると、彼はジャケットを脱ぐ手を止めこちらを睥睨《へいげい》した。

「べ、別に」

いつも、こうだ。

美幸が過去に思いを馳せていると、目敏《めざと》く気がついて玲一郎は機嫌を下降させる。彼といる間によそ事を考えるのが気にくわないのかもしれない。他人の頭の中を覗けるはずはないのに、妙に察しがいい玲一郎にはいつも驚かされた。

「……嘘が下手だな」

「え？」

キッチンに逃げかけた美幸の足が止まる。その時、グゥ……と小さくはない音が鳴ってしまった。

「あっ……！」

食欲はなかったけれど、夕食を抜いたことで身体は食べ物を求めていたらしい。腹が鳴ったのだと気がつき、美幸は真っ赤になって自分の腹部を抱え込んだ。

「い、今の……っ」

「まさか食事をしていなかったのか？」

聞こえなかったか、空耳と勘違いしてほしいという願いはあえなく潰された。完全に、彼の耳に届いてしまったし、美幸の腹の音だと気づかれている。あまりの羞恥に、泣きたくなった。

「わ、忘れてください……！」

「呆れたな……この時間じゃ、ろくな店が開いていない」

「い、いいんです。今夜は食欲がなくて食べないつもりでしたし、遅い時間に食事すると、身体に悪いので……！」

居た堪れなくて、穴があったら入りたい。これから真面目な話をしようと決めていたのに、台無しだ。玲一郎が笑い飛ばしてくれたならまだしも、真剣な眼差しでこちらを見られては、尚更辛かった。

「とにかく、気にしないでください。大丈夫です」

「食欲がない、だと？」

しかしますます眉間に皺を寄せ、彼は大股で美幸に近づいてきた。

「体調が悪いのか」

「え、いいえ……」

元気はないけれど、健康ではある。顔色の悪さは亜香里に指摘されているが、それ以外は不調を感じていなかった。と言うか、もしも美幸が問題を抱えているとしたら、原因の大半は眼前の男だ。

いわば元凶の彼に問い詰められる形になり、美幸は瞳を揺らした。

——貴方のせいだと言ったら、どうなるだろう……

別れを言うと決めたのだから、先延ばしにせずできるだけ早い方がいい。ある意味これは、好機ではないのか。腹が鳴って恥ずかしいなんて言っている場合ではない。

美幸は勇気を掻き集めて、深く息を吸い込んだ。

「――あの」

「何か食べに行こう」

ジャケットを羽織り直した玲一郎に肘を摑まれた。

「え？」

「駅前まで行けば、二十四時間営業の店くらいあるだろう。荷物はこれだけか？　上着は？」

「いいえ、本当に大丈夫です……！」

「空腹で倒れられるのは、ごめんだ」

彼は美幸の鞄を持ち上げると、さっさと扉に向かってしまった。その後を追う形になり、小走りでついてゆく。置いて行かれまいとすると、エレベーター前でようやく玲一郎が振り返った。

「軽いものなら食べられるか？」

「……あの、私……」

何を言いたいのか、自分でも分からなかった。何も食べたくないと固辞するべきなのか、素直に従うべきなのか迷っている。それとも、強引に先ほどの続きを話す方がいいのか。

このフロアには他にひと気がなく、今なら切り出しても誰にも聞かれないと思う。下手に密室で話すより、まだマシな気もした。

「……人に見られたら、困ります……この辺りにも、会社の人が住んでいる可能性はありますから……」

自分一人なら、目立たない。けれど彼と一緒では、気がつく人間がいるだろう。色々な意味で、玲一郎は有名であり目立っているからだ。

「私たちがプライベートで会っていることを、誰にも知られたくありません……」

おそらく玲一郎だって同じはずだ。将来の展望がない刹那の関係なら、秘密にしておいた方が都合はいい。納得してもらえると思い込み、美幸は伏せていた顔を上げた。

「だから――」

「――別に俺は、誰に目撃されても構わないが？」

冷めきった眼でそう返されて、愕然とした。

一瞬言葉の意味が分からず、瞬きも忘れる。美幸はポカンと口を開けたまま彼を凝視し、無意味に首を傾げた。

「わ、私は、困ります……」

他の誰にも明かさないことを条件にして、不本意な関係に頷いたのだ。それを根底からひっくり返すようなことを言われ、頭の中が真っ白になっていた。

「変なことを言わないでください。約束を、違える気ですか？　黙っていてくれると宇崎課長が言ったから、私は……」

「課長と呼ぶなと言ったはずだ」

被せるように冷ややかな声をかけられ、余計混乱した。手首を掴まれ、視線を搦め捕られる。

彼は自分の都合ばかりを押し通してくる。どちらが支配者かを知らしめるように、美幸を従わせようとしていた。黙って大人しく言いなりになっていれば、いずれいい方向に向かうと信じていたのに、勘違いだったらしい。

「放してください……っ、もうこんな不毛な関係、終わりにしませんか」

拘束された手首を振り払おうとしたが、強い力で握られて叶わなかった。

痛みを感じるほどの握力に、惑乱する。美幸が必死に暴れていると、静まり返っていたエレベーターの階数表示が動き始めた。

こんな時間でも、活動している人はいるらしい。頭の片隅で、ぼんやりそんなことを思う。とは言え自分にはあまり関係ない。それよりもどうやって玲一郎から離れようかで頭はいっぱいだった。

腕力も体力も段違いなので、多少美幸が抵抗したところで難なく封じ込められてしまう。距離を取ろうと突っぱねた腕は容易く払いのけられ、むしろ抱き寄せられていた。

髪を攫まれ、上向かされる。真上から覗き込んでくる男の瞳には、苛立ちともう一つ、別の何かが浮かんでいた。

「や……っ」

深いキスで文句は喰らわれた。頬を押さえられて、口が閉じられない。美幸の口内は、彼の舌でいっぱいになる。強く抱かれた腰はしなり、二人の身体は誂《あつら》えたように重なり合っていた。

「ん、ぅうっ……」

せめて閉じたくなくて見開いた視界に、愉悦を滲ませた玲一郎がいた。近すぎる距離で焦点が合わないけれど、彼が悪辣《あくらつ》に笑っていることは分かる。そして美幸を見つめていた視線を、思わせ振りに横へ流したことも。

意識を誘導された先はエレベーター。階数表示は先ほどより上へ昇っていた。

「……っ!」

美幸は唐突に、玲一郎の意図を悟った。

このエレベーターは高層階にのみ停まる仕様だ。一般的な客室ではなく、ハイクラスの部屋の宿泊者だけが使う。つまり、停止するフロアはさほど多くなかった。それが、どんどん最上階を目指して上がって来ている。このままなら、この階で扉が開く可能性が高い。

そうなれば、エレベーターホールで抱き合い口づけている美幸たちと、鉢合わせしてしまうかもしれないのだ。

「んぅっ……」

やめて、と声にならない呻きを漏らしたが、彼はまるで気にせず双眸に危険な光を揺らめかせた。キスはより執拗になり、苦しいほど強く抱きしめられる。

仮に赤の他人であっても、人様に見せたいことではない。玲一郎の腕の中で懸命にもがいたが、逆に耳やうなじを擽られて膝が戦慄いた。

二人の心音が重なる。彼の逞しい胸板の奥からも、速い鼓動が聞こえた気がした。その間にもエレベーターは上昇し、あともう2フロアで最上階に到達してしまう。

「……っ」

いっそ、彼の舌を噛んでしまおうか。

攻撃的な気持ちがよぎり、慌てて打ち消した。他人を傷つけるなんて、嫌だ。それがたとえ誰であっても、美幸は容認できなかった。けれど何とかしなければ恥をかくのを免れない。相手が知り合いである可能性は低いだろうが、絶対でもないのだ。

「っ、ぅんんっ……」

玲一郎の肩や腕を叩き、死に物狂いで訴えた。淫靡な水音の絡むキスは、呼吸さえ奪ってゆく。酸欠になった美幸は、くずおれそうな膝を全力で踏ん張った。しかしふらついた拍子に、背後の壁に押しつけられる。

「……っく、ぁ」

彼の脚が美幸の太腿の間に滑り込んだ。壁に張り付けにされた美幸は、慌てて爪先立ちになる。玲一郎の膝がゆっくり上に上がってきたからだ。スカートが捲れ上がり、ストッキングに包まれた太腿が露になる。

口づけは続行されたまま。卑猥な行為に、美幸の意識が遠のきかけた。

エレベーターが表示している停止階数は、一つ下のフロア。もう、間に合わない。

ぎゅっと眼を瞑り、辱められることを覚悟する。

けれど、いくら待っても向かいのエレベーター扉は開かなかった。表示は一つ下のフロアを指し示したまま。動くことなく沈黙していた。

「……なかなかスリルがあった」

淫猥な仕草で唇を拭った玲一郎が、酷薄に口の端を引き上げる。笑顔と呼ぶには陰惨なそれを、美幸は呆然と見返していた。

誰にも会わなかったことにはホッとしている。だがそれは、単に運がよかっただけだ。危険は充分あった。それどころか彼は、自ら誘い込む真似をしたのだ。

「ふ、ざけないでください……っ」

「ふざけていない。俺は別に、ここでもっと大胆なことをしても構わない」

冗談とは思えぬ手つきで尻を撫でられ、美幸は背筋を強張らせた。獰猛《どうもう》な眼つきに魅入られて、抱いた怒りも萎《しお》れてしまう。もっと罵倒してやりたいくらい腹が立ったのに、玲一郎の怒気に負けてしまった。

怒っているのはこちらの方だ。約束を反故《ほご》にされかけ、非常識な真似をされた。それなのに、何故彼の方が苛立ちを漂わせているのだろう。

分からないけれど、うかつに口を開けない重い空気に、美幸は気圧《けお》されていた。

「来い」

「あっ……」

手を引かれ歩き出したのは客室のある方向。どうやら外に行くことはやめてくれたらしい。だが気遣いのない力で引っ張られ、美幸は足を縺れさせた。

「待って、待ってください」

「煩い」

「きゃっ……」

部屋の扉を開くなり中へ突き飛ばされ、危うく転びそうになった。こんなふうに乱暴に扱われるのは初めてだ。

「——終わりにしたいとは、どういう意味だ」

「どうって……」

聞かれるまでもなく、決まっている。彼だって分かっているだろう。それなのに敢えて問い質す理由は、見当もつかなかった。

「もう、仕事以外でお会いしないということです……」

ただの上司と部下として。それ以上でも以下でもなく、正しい形に戻したい。過ちから始まった全てを、リセットしたかった。

「……それを君から提案する権利があるとでも？」

「どうして私なんですか？　他に宇崎課長と付き合いたい女性なんて、いくらでもいるじゃありませんか。この前だって、秘書課の井上《いのうえ》さんが……」

「他の女をあてがって、自分は解放されようという算段か」

「そんな言い方……」

言葉にされると美幸の身勝手さが浮き彫りにされたようでショックだった。『あてがう』なんてつもりはない。他に眼を向けて建設的な未来を模索してほしいと願っているだけだ。彼なら、それができるはず。

嫌々身を任せている美幸より、喜んで寄り添ってくれる女性が傍にいる方が、誰のためにもいいだろう。そう言いたいのに、上手く口が回らなかった。

何を言っても嘘くさくなる。

結局のところ、一番の理由は自分のためだからだ。

光次を忘れられない美幸は、これ以上玲一郎とセフレの関係を続けたくなかった。逃げたい気持ちが強すぎて、毎日苦しくて堪らない。玲一郎と会っている間、なくした恋を僅かに忘れられることも自己嫌悪でしかなく、どちらにしろ辛いのなら、罪を重ねたくないと願うのは当然だろう。

そのために、他の女性と上手くいってほしい——端的に言えば、それだけなのだ。

彼のためではなく、どこまでも根本は自分のため。これでは、玲一郎の心に届くわけもなかった。

「……本当に……残酷な女だな」

「や、ぁ……」

ベッドルームに連れ込まれ、乱暴に押し倒された。見上げた先は、この三か月の間に見慣れてしまった天井。それから、不機嫌さを隠さない男の顔だった。

「やめてください、もう、嫌です……っ」

「——君の意見は聞いていない。……いつまで、死んだ恋人に操を立てているつもりだ？ いい加減、忘れてしまえ」

「どう……して」

光次が亡くなったことを、口にしたことがあっただろうか。過去の記憶を掘り返したが、美幸には確証を持てなかった。言った気もするし、説明していない気もする。だが始まりが盛大に酔っ払っていた状態だから、どちらだと言い切ることは難しかった。

「嫌っ」

「悲しんで落ち込み、ずっと蹲っていれば君は救われるのか？」

カットソーを剝ぎ取られ、下着が露になる。洗い髪からシャンプーが香り、シーツに広がった。美幸の毛先を梳いた玲一郎が、自らの指に絡め、掬《すく》い取ったひと房に口づける。

「元の恋人は、長い髪が好きだったそうだな。死者の趣味にいつまで合わせるつもりだ。未練たらしく伸ばしたままだから、吹っ切れないいんじゃないか」

「貴方に……っ、関係ありませんっ……！」

自分でも薄々分かっていることを指摘され、カッとした。眼の奥が熱くなり、視界が滲む。悔しくて、胸が痛い。できるならとうにやっている。けれど八年も足踏みしているのは、自身の力だけではどうにもならなかったからだ。

いざ美容院に行くと、決意が鈍る。思い出すのは光次がくれた言葉ばかり。『美幸の長い髪、好きだよ』『よく似合っている』『サラサラで、ずっと触っていたくなる』

それでどうやって、バッサリ切ることができただろう。

自分に自信なんてない。本当に好きだった人が『いい』と言ってくれたものを壊す勇気なんて持っていなかった。

「どうして私を追い詰めるんですか……っ」

玲一郎がしているのは、美幸が閉じ籠もる箱をことごとく破壊する行為だ。

光次に似た声で。思い出させる容姿で。そっくりな香りで。錯覚を起こす抱擁《ほうよう》で。美幸の感覚全部を惑わせる。理性が違うと叫んでも、それ以外の感覚は騙されてしまう。もしも玲一郎が光次と似ても似つかなければ、こんなに苦しくはないに違いない。そもそもあの夜過ちを犯すこともなかっただろう。

「もう、私を解放してください……！」

美幸の必死の叫びが、室内に響き渡った。

「……それが、君の本当の望みか？　このまま死者に囚われて、しゃがみ込んでいることが？」

てっきり怒鳴り返されるかと思ったが、予想外に穏やかな声で問われた。驚きのあまり、覆い被さる彼を見上げてしまう。暗がりの中、窓の外からの光で玲一郎の姿が浮かび上がった。

「馬鹿馬鹿しくて吐き気がする」

吐き捨てられた台詞は辛辣なもの。しかし妙に美幸の内側を引っ掻いた。

嫌な気分になったのではなく、同じ痛みを共有した心地がしたのだ。

もしかしたら、彼も誰か大切な人を亡くしたことがあるのかもしれない。そう感じたのは、鋭い眼差しに深い絶望が横たわっていたから。きっと『喪失』を知っているからこそ、玲一郎は美幸に苛立つのではないか。——そう、感じた。

ただ自分が思い込みたいだけかもしれない。新しい逃げ道を探して、丁度いい理由をこじつけただけの可能性もある。けれど一度抱いてしまった感慨は、簡単に捨てることができなかった。

「私――」

「忘れられないなら、無理やりにでも忘れさせる」

緩めていたネクタイを解いた彼が、手早く美幸の両手首を縛り上げた。しかも横向きに転がされ後ろ手に括られたので、驚愕で固まっているうちにろくに身動きが取れなくなる。玲一郎が自身のベルトを使い、美幸の足首も拘束したためだ。

「宇崎課長……っ？」

「ああ、呼び方を間違った罰も受けてもらおう」

芋虫のようにもがく美幸をベッドに残し、彼は寝室を出ていった。美幸の服は中途半端に脱がされたまま。この状態で放置されるのかと困惑する。だが、たいした時間もかからず戻ってきた玲一郎の手には、白い二本の紐が握られていた。

「え……？」

「他に使えそうなものが思いつかなかった。バスローブの腰紐だ」

意味が分からないなりに、嫌な予感が募る。使えそうなもの、とはどういうことなのか。

美幸が不自由な体勢でベッドの上をずって逃げると、乗り上げてきた彼にすぐ捕まってしまった。

「悪くない眺めだな」

晒された腹を男性的な指先でなぞられ、むず痒い愉悦が走った。動いたせいで捲れたスカートの裾からは、白い太腿が覗いている。それどころかショーツまで見えてしまっているかもしれない。手足は縛られ、自分でも淫靡だと思う。

喉が渇いて吐息が乱れる。揺らぐ視界の中に映るのは、玲一郎だけ。

「暴れるなよ。傷つけるつもりはない」

足首に巻かれたベルトを解かれて、心底安堵した。この悪ふざけは終わりらしい。だが、一瞬生まれた美幸の隙が、更なる窮地を呼び込んだ。

「や……っ?」

束ねられていた脚は確かに解放された。しかし今度は右膝を折りたたまれ、太腿もろ共バスローブの腰紐で縛られたのだ。左脚も同様に固定され、ベッドの上で横向きに転がったまま、美幸は正座のような体勢になる。

戒めから逃れようとしても、しっかり結ばれた紐は容易には解けそうもなかった。

「宇崎か……さん、どういうつもりですか……っ?」

「今のはギリギリ見逃そう。あまり暴れると、肌が傷つくぞ」

「だったら解いてください!」

噛み合わない会話に眩暈がした。

縛られて身動きを封じられたことなんて、これまでの人生一度もない。自分の意思で動けないというのは、こんなにも恐ろしく屈辱的なのだと初めて知った。

それなのに、美幸はこちらを見下ろす玲一郎の艶めいた双眸に、奇妙な疼きも感じている。抵抗できない状態にされ、恥ずかしい体勢を見られている。そう思うほど、身体の芯が熱くなっていった。

今やスカートは完全に捲れ上がり、上も下も下着が露出している。横臥の体勢から仰向けに変えられ、背後に縛られた手があるせいで胸を突き出す格好になった。辛うじて乳房を隠してくれていたブラを上にずらされ、二つの膨らみがまろび出る。揺れる頂は、赤く色づいていた。

「み、見ないで……」

恥ずかしい。膨れ上がった羞恥が溢れそうになる。必死に脚だけは閉じたけれど、もじもじと膝を擦り合わせる姿が卑猥なのは、美幸も自覚していた。だが彼の瞳は、ますます熱を帯びる。

「――美幸」

呼ばれた名前に、心臓が縮み上がった。

こんな時に、『君』ではなく名前を呼ぶなんて酷い。どうしたって耳と心が反応してしまう。そして当然、美幸の身体にもその影響は表れるのだ。

胎内から蜜が溢れ、チリチリと肌が焼ける。自分の両膝に置かれた玲一郎の手が熱い。ぐっと左右に押し開かれれば、抵抗虚しく従うしかなかった。

「嫌っ……」

この状態ではショーツを下ろすことはできない。だが、小さな布に隠された秘部に、焦げつく視線が注がれているのは分かった。『見られている』と意識するほど、美幸の疼きは大きくなってゆく。昂っていることを知られたくなくて、懸命に顔を逸らした。

「いやらしいな」

「んぅッ」

布越しに敏感な花芽を押され、美幸の閉じた唇から悲鳴が漏れた。的確に位置を探り当てられて、淫芽を擦られる。直接触れられるのとは違うもどかしい指戯に、美幸の腰が揺れた。

「たまにはこういう趣向も悪くない」

「ぁ、アッ」

下着の脇から潜り込んだ彼の指が、蜜路に押し込まれた。濡れ襞を往復する指先が、次第に奥を責め立てる。だがどうしても最奥までは届かない。既に圧倒的な快楽を教え込まれた美幸には、物足りなかった。

あと少し。もうちょっとが埋まらない。気持ちがいいけれど一歩及ばない喜悦に、不満が高まってゆく。やめてほしいと願うのと同じくらい、激しい嵐を待ち望んでいた。

「どうしてほしい？　美幸」

「ゃあっ……、駄目……っ」

くちゅくちゅと蜜を掻き出され、爪先が痙攣した。背中で縛られた手をぎゅっと握り込んでも、快感を逃せない。拘束された身体では、身を捩ることもままならなかった。

「熟して、美味しそうだ」

「ひ、ァあっ」

剝かれた花芯に吸い付かれて、美幸は喉を晒した。愉悦が全身を貫く。思わず太腿で玲一郎の顔を挟めば、彼の舌先が隘路に入り込んだ。

「んぁっ、あ、ぁあっ」

玲一郎の高い鼻梁に蕾が押し潰される。呼吸が忙しくなるほど、喜悦も蓄積していった。頭を左右に振り乱し、舌足らずに「もうやめて」と懇願する。鳴き喘ぐ息の下で、ほとんど言葉にならなかったが、それでも意味は伝わったはずだ。けれど彼はやめるどころか再び中指で美幸の粘膜を嬲ってきた。

「あぁああッ」

縛られているという倒錯感が相まって、いつも以上に興奮が高まっていた。はしたないほど感じてしまい、美幸自身が困惑する。

やめてと発した口からはだらしなく唾液がこぼれ、逃げたがるはずの身体は艶めかしく腰を突き上げていた。淫らな反応は止まらず、くねらせた肢体は誘っているようにしか見えない。口から漏れる声は、紛れもなく嬌声だった。

「もう会えず、触れることも話すこともできない思い出に浸って生きているより、こうしている方がよほど建設的だと思わないか？」

濡れた口の周りを拭いながら、玲一郎が赤い舌を覗かせる。霞む視界の中、彼の淫猥な表情が美幸の眼に焼き付けられた。

「本当は君も忘れたいはずだ。いつまで立ち止まったままでいる？」

「忘れ……たくなんて、ありませ……ゃ、アッ」

濡れそぼつ入り口に押しつけられたものの硬さに、一層甘く胎内が疼いた。欲しい、と本能が叫んでいる。快楽に弱いだらしない美幸の本性は、とっくに陥落していた。

いくら理性で踏みとどまっても、人の心は悲しいほど脆い。

苦痛と天秤にかければ、簡単に『楽しいこと』『気持ちのいいこと』の方へ傾いてしまう。己を守るために必要なその働きを、いったい誰が責められるだろう。

だがそれでも――守りたいものがあるのだ。

プライドなのか、意地なのか、それともなくした恋のためか。美幸は涙を散らして喉に力を込めた。

「お願い、もう終わりにしてください……！」

叫んだ瞬間、自分でも嘘くさいと感じた。

蕩けた顔と濡れた声でいくら叫んでも、真実味は薄い。いったいどれが自分の本音なのか、美幸自身が見失った。そして玲一郎は狡い逃げ方を許してくれる人ではない。

「——嘘吐き」

「……ぁあッ」

ショーツを脇にずらされ、一息に貫かれた。すっかり準備が整っていた内側が、大喜びで彼の屹立に絡みつく。既に玲一郎の形に慣らされた美幸の内壁は、柔らかく彼を招き入れていた。

「……は……っ」

官能的な声を漏らした玲一郎の眉間に皺が寄る。彼は美幸の肉筒を存分に味わうようにじっとしていたが、やがて動き始めた。

「……ぁ、あんっ」

「こんなに濡らして感じているくせに、君は嘘ばかりだな」

「……や、そんなに突かないで……っ」

リズミカルに奥を小突かれて、美幸の身体ががくがくと揺れた。ベッドが軋み、淫猥な音が鼓膜を叩く。

激しく動かれると、いくら柔らかなベッドで横たわっていても身体の下になった手が痛む。微かに顔をしかめると、彼に抱き起こされた。

最初の夜と同じ、向かい合って座る形になる。違うのは、美幸の手と足が戒められている点だ。

「ふ、ぁっ……」

「さっさと全部、忘れてしまえ」

「や……！」

下から突き上げられた衝撃で、美幸の身体が跳ねた。重力に従い落ちてきたところを、また荒々しく貫かれる。より深い部分を抉られ、喜悦が弾けた。

「ひ、ァあアッ」

ぐりぐりと下生えを擦りつけられ、淫芽が刺激される。背筋を撫でおろす玲一郎の指先にも、快楽を拾ってしまった。

頬を舐められ、後頭部を引き寄せられて、深くキスする。逃すまいと絡みつく彼の腕からも、堪らない愉悦が送り込まれた。

何もかもが気持ちいい。吹きかかる吐息にさえ全身が震えた。全てが性感帯に変わり、おかしくなる。到底耐えられない快楽の波に、美幸は溺れていった。

「やぁ……イっちゃう……！」

汗ばんだ玲一郎の胸板に乳房を潰され、もはやどこが淫悦の根源なのか分からなかった。全部が一緒くたになり、美幸を責め苛む。何かを考える余裕など、あるわけがなかった。ただひたすら、彼と同じ律動を刻み淫靡な階段を駆け上がる。欲望の獣となり、互いを貪り合った。

「ぁっ、あ、あッ……」

頭が真っ白になる。全身に力が入り、体内に収められた玲一郎の形をまざまざと感じた。

「……もういない奴のことなど、早く忘れてくれ」

命令ではなく、懇願。

「アッ、ぁああっ……」

忘我の極致に飛ばされて、美幸の意識は溶けていった。だから、意識を手放す直前に聞いた彼の言葉は、幻聴かもしれない。

苦しげに吐露された声に引かれ、一瞬眼が合う。

饒舌《じょうぜつ》ではない玲一郎の唇が微かに動き紡いだのは、音にならない一言。『頼む』という短い言葉に凝縮された想いに、美幸は触れた気がする。

男の双眸の奥には、切ない祈りが瞬いていた。

一番よく見る夢は、放課後の教室。

夕暮れに染まる室内で、美幸は帰り支度を整えていた。学校の図書室で自習を終え帰ろうと思った矢先、プリントを一枚机の中に忘れたことに気がついたからだ。

明日でも構わないものではあったが、忘れ物自体が気になる性格なので、取りに戻ることを決めた。

目当てのプリントを折りたたみ、鞄に入れる。ひと気のない校舎はうら寂しい。校庭からは、運動部の声が聞こえてくる。

キョロキョロと周囲を見渡し、美幸は誰もいないことを注意深く確認した。

――家に帰るまで、我慢しようと思ったけど……

鞄の中から取り出したのは、毎月熟読しているファッション雑誌だ。

今月号には気になる特集が掲載されている。いつもは休日書店に行って購入するが、今回は待ちきれず、登校途中にコンビニで買ってしまった。

――ちょっとだけ……

地味で真面目なクラス委員長。

それが周囲から美幸への評価だろう。その通りだし、悪い意味ばかりではないので、気にしていない。

頼られることは嫌いではないし、雑務をこなすことも苦痛ではないからだ。

だが、校則を遵守《じゅんしゅ》する自分が、人並み以上にお洒落に興味があるとは、教師も友人も知らないだろう。両親だって、たぶん気がついていない。

私服も派手ではなく、姉のおさがりを大人しく着ているくらいなのだから。

それでも、自分なりに拘りはある。いつかは、己の趣味を堂々と出していきたいとも思っている。本当はクラスのファッションリーダーである女生徒と仲良くしたいところだが、あまりにもキラキラ度が違いすぎて、声をかけるのを躊躇っているとしても、だ。

美幸は雑誌のページを開き、ドキドキと胸を高鳴らせた。

誌面の中では可愛く綺麗な女の子たちが、お洒落をして笑顔で映っている。どの子も皆、自信に満ち溢れて楽しそう。

その中でも今回は、最近人気の新しいブランドが特集されているのだ。これまでは二十代三十代の女性を対象にしていた会社だが、近頃新たに十代向けのラインが作られ、注目を集めている。

少しばかり背伸びした服は、美幸の趣味に合致していた。

食い入るように雑誌を見つめ、小さなコメントも余すところなく読み耽る。

——ああ、格好いい……！　私もこういう素敵なものに関わる仕事がしてみたいなぁ。

そうしたら、私みたいな地味な女の子にも挑戦してみたいと思わせる服や小物を紹介できるかもしれない……

考えるだけで胸が躍る。自分がお洒落な服を纏っている姿を想像し、興奮した。いずれ県外に出て、都会で働くことまで妄想を広げる。叶うなら、ファッション業界に就職したい。

今の自分とはかけ離れすぎていて、誰にも打ち明けたことのない夢だが――

『委員長は、いつもその雑誌を読んでいるね』

突然背後からかけられた声に、飛び上がるほど驚く。真剣に誌面を凝視していたから、気がつかなかった。

ものすごい勢いで美幸が後ろを振り返れば、いつの間に教室へ入ってきたのか、クラスでも目立つ男子生徒の高槻光次が立っていた。

『えっ……』

『好きなの？』

その後に続く言葉は『意外』だろうか。ひょっとしたら、もっと辛辣に『似合わない』かもしれない。

嘲笑される予感がし、美幸は下を向いた。急激に恥ずかしくなり、雑誌を閉じる。きっと『ダサいくせに』と思われている。笑い者にされたらどうしようと、嫌な汗が背中を伝った。

『ど、どうして高槻君がここに……部活は？』

この時間、バスケットボール部に所属している彼は、まだ体育館で練習中のはずだ。それが体操服も着ていないのは不思議だった。

『ああ、今日はちょっと風邪気味だから、早めに上がらせてもらったんだ。それよりごめん。邪魔しちゃった？　集中しているところに話しかけちゃ迷惑だったかな』

しかしのほほんとした様子で微笑まれ、拍子抜けした。

彼の様子には、美幸を馬鹿にしてやろうとか、からかおうなどという意図は全く見えない。単純に『好きなのか』と聞いただけだと気がついた。

『い、いつもって……』

『え？　たまに一人で読んでいるでしょ。こういう放課後とかに。他の女子は何人かで集まってキャアキャアやっていることが多いから、逆にひっそり楽しんでいるっぽい委員長が印象に残っていた』

見られていたのか。

こっそり人目を忍んでいるつもりだったから、非常に驚いた。我ながら存在感が薄い自分のことなど、気にしている人はいないと油断もしていた。それを覆され、激しく動揺する。

『だ、誰にも言わないで』

『いいけど……何で？』

『……恥ずかしいから……』

きっと光次には理解できないだろう。光が当たる場所にいる人に、美幸が持つ劣等感を共有するのは難しいと思う。明るく人を惹きつける人にとって、自分の思うまま行動するのは普通のことだ。けれど自信がない者にとっては、他者の眼が無視できない。

屈辱感にも似た感情を持て余し、美幸は雑誌を鞄に突っ込んだ。

『だって、私には似合わないでしょう？　じ、自分でも分かっているんだ。でも綺麗なものや可愛いものを見ると、楽しいから……』

つい饒舌になるのは、心が乱れている証拠だった。狼狽するあまり、言わなくていいことまで口にしている。無理やり笑おうとした美幸の唇は、引き攣《つ》っていた。

『わ、私先に帰るね……』

とにかく、逃げたい。よりにもよって、学年一目立ちモテる光次に秘密の一端を目撃されるなんて。恥ずかしい。もどかしい。——悔しい。悲しい。

彼の脇を擦り抜け、美幸は足早に教室を出ようとした。俯いたまま雑誌を入れた鞄を胸に抱きしめる。

——もしも私がお洒落で可愛い女の子だったら、もっと違う反応を返せたのに……そうしたら——

『――別に似合わないとは思わないけど……だって委員長、いつも持ち物お洒落じゃん。ペンケースとか髪縛るやつとか……他の女子が持っている流行りものとはちょっと違って、拘っているなって思っていたし』

かけられた言葉に、思わず足が止まった。

『……え？』

『あ、今の発言、俺ストーカーっぽい？　ごめん。でも何かいつも委員長のこと眼で追っていたから……』

『ええっ？』

一つ前の驚きとは全く違う声が、美幸の口から漏れた。

今のは、どういう意味だろう。いや、きっと深い意味なんてない。彼はただ思ったままを口にしただけ。

けれど美幸が特定の雑誌を愛読しているのを知っていたことといい、文房具や身に着けているものを把握していたことは事実だ。集団の中に埋没しがちな自分のことを、見ていた人がいる。それも、美幸とは対極にあるような人が。

いつも眩しく思っていたけれど、遠く感じていた相手が急に身近に感じられた。大きく跳ねた鼓動の意味は、まだ分からない。だが、とても大事なもののような気がする。

たぶん、これは予感。

何かが育っていく気配に美幸の頬がじわりと熱を孕んだ。

——ああ……懐かしい……私はまた、あの頃の夢を見ているんだ……

夢の中から意識が浮上する。目覚める前から、美幸にはこれが過去の出来事だと分かっていた。もう何度も繰り返し思い出してきたものだからだ。

光次の笑顔が遠ざかる。その時、彼が優しく微笑んだ。

『——美幸、もういいんだよ。自由になっても構わないんだ』

——やっぱりこれは夢。だってあの頃はまだ、光次は私を『委員長』って呼んでいたもの……

『忘れることも変化することも、悪いことじゃない。今の美幸なら、向けられた気持ちや言葉の真偽をちゃんと見極められるでしょう？　怖がらないで……一歩踏み出してみて』

オレンジ色の光の中、涙と共に高校時代の思い出は霞んでいった。

「……」

眼を覚ませば、自分の部屋ではないベッドの上だった。もはや慣れてしまったホテルの一室。隣に眠るのは、記憶の中にいた彼とよく似た男。

玲一郎は、どちらかと言うと朝に弱いらしい。いつも、美幸の方が早く目覚める。今朝も同じ。

起き上がり身体を見下ろすと、当然ながらネクタイも紐も解かれていた。肌は少し赤くなっていたが、ベッドの上にビニール袋と氷で作られた即席の氷嚢《ひょうのう》を見つけ、複雑な気分になる。

彼なりに手当てしてくれたのだと思う。

自分で傷つけておいて、不器用としか言いようがない。

ほとんど溶けてしまった氷嚢をしり目に美幸は玲一郎を起こさないようベッドから抜け出し、浴室に向かった。

——またあの夢を見た……

これまでにも、数えきれないほど光次の夢を見てきた。そして目覚める度に、隣で眠っているのが彼でないことを突きつけられ、悲しくなったのだ。けれど今朝は少しだけ違う。だがその理由は自分自身にも判然としなかった。

嫌なのか、安堵したのか……それさえ曖昧だ。

シャワーを浴びている間も、自分の気持ちが整理しきれない。美幸は知らぬうちに手首を見て、微かに残る痕をなぞっていた。

ただの道具として扱われていたのなら、もっと上手く距離を測れる。心を石にして、何も感じずやり過ごすことだってできたかもしれない。

だが、時折人間らしい気遣いを垣間見せられると、途端にどうすればいいのか分からなくなってしまうのだ。

ピアスの件もそう。こちらの体調を気にかけてくることも。玩具でしかない相手に、何故玲一郎は手を差し伸べてくるのか。

昨夜意識を失う直前、何か言われた気がする。これまでにない弱々しい響きが美幸の耳の奥で木霊《こだま》した。しかしはっきりと思い出す前に、温かな湯と共に流れ落ちてゆく。

頭からシャワーを浴びていると、蓄積された疲労が僅かながら解消された。

「……気持ちいい……」

どれだけの時間、そうしていただろう。いつもより、長くぼんやりしていたのは確かだ。

美幸がシャワーを止め部屋に戻ると、ルームサービスが用意されていた。

焼きたてのホテルブレッドに、瑞々《みずみず》しいサラダ。オムレツは美しい黄色で、添えられているのはベーコンとウィンナー。どちらも程よい焦げ目がつき、食欲をそそられた。

デザートにはヨーグルトとたっぷりのフルーツ。オレンジジュースはいかにも果汁百パーセントの搾りたてで、香しいコーヒーの匂いが鼻腔を擽る。

忘れていたはずの空腹を、思い出さずにはいられなかった。

「……頼んでくださったんですか？」

眼を覚ましていた玲一郎に声をかける。

彼がモーニングを注文してくれたのだろう。昨晩、美幸が夕食を食べていないと言ったから。――外食を一緒にしたくないと言ったから。

「俺も腹が減っただけだ」

今まで、食事を共にしたことは数える程度だ。誘われても、理由をつけて断っていた。そういう関係ではないと、自分なりに線引きしたかったのだと思う。特に朝は、毎回逃げるように一人先に部屋を出ていた。

いくら玲一郎と肌を重ねることに慣れても、心まで明け渡すまいと足掻いていたからだ。今朝だって、断って部屋を出ることは可能だった。むしろそうするべきな気もしている。けれど、昨夜の振る舞いを彼が反省しているような気がして、美幸は気づけば椅子に座っていた。

——いいえ。お腹が空いたから……それだけの理由だわ……。

美幸が向かいに腰かけたことに、玲一郎がホッとして見えたのはたぶん勘違いだ。あんなに強引な真似をしておいて、こちらの反応を窺っているとは思えない。まして不安げに見守っているなんて、美幸の思い込みに決まっていた。

「……いただきます」

軽く頭を下げ、フォークを手に取った。

無言のままの食事は、どこか重苦しい。けれど味は抜群だった。

朝の柔らかな光の中で、カトラリーの音だけが控えめに沈黙を埋める。数種類盛られていたパンは、どれも絶品だった。思わず美幸が夢中で口に運んでいると、向かい側から小さな笑い声が上がった。

「ふ……食欲があって、安心した」

「……美味しい、です」

じっと見られていたのだと、ようやく気がつく。気恥ずかしくなりパンを千切る手が鈍ると、玲一郎が琥珀《こはく》色の液体が入った瓶をこちらに差し出してきた。

「このホテルは蜂蜜《はちみつ》が有名だ」

「……ありがとうございます」

興味を惹かれ、素直にパンに垂らして食べた。ただ甘いだけではない美味しさが口内に広がる。香りもいい。あまりの感動に、美幸は眼を見開いた。

「とても、美味しいです……！」

「口に合ったのなら、よかった」

職場以外で彼の柔らかな笑顔を、初めて見た。皮肉なものでも、冷たさを感じる笑みでもない。ごく自然に上がった口角が、玲一郎の鋭い眼差しを優しく見せる。細められた瞳は、美幸の胸を締めつけた。

「……ぁっ……」

「パンだけじゃなく、ヨーグルトに入れても美味い」

考えてみれば、こんなふうに二人向かい合って穏やかに話すなんて初めてだった。いつも緊張感を強いられて、落ち着いて話すという雰囲気ではなかったからだ。けれど今は、不思議と嫌ではなかった。

緩やかに流れる朝の時間に、癒されているのかもしれない。

この部屋で会うのはいつだって淫らな行為が目的でしかなく、美幸にとって忌《い》まわしい場所とも言えたが、今朝は違う。そういう淫猥な空気はどこにもなく、心が凪《な》いでいた。

――昨日、あんなことをされたばかりなのに……

考えても分からない理由を、美幸はオレンジジュースと一緒に飲み下した。

全て食べ終え、コーヒーを楽しむ。すると、再び静寂が気になり始めた。こんなことなら、もっとゆっくり時間をかけて食事した方が良かったかもしれない。することがなくなると、どこを見て何をすればいいのか曖昧になる。

困り果てながら、カップの中をじっと見つめた。

「……髪を乾かしてやる」

「え」

先に食べ終わっていた彼が立ち上がり、洗面所からドライヤーを持って戻ってきた。美幸が戸惑っているうちにプラグを差し込み、後ろに回る。

「あ、あの？」

「そのまま飲んでいて構わない。気にするな」

そう言われても、平然としていられるわけがなかった。

ドライヤーのスイッチを入れた玲一郎は、温風を確かめ美幸の頭部に風を当てた。根元から毛先に向かい、丁寧に位置を変えながら手で梳いてゆく。単純に風を当てて掻き乱すのではない慣れた仕草に、美幸は驚いた。

「て、手慣れていますね」

「俺が子供の頃、うちは両親が共働きで、弟の面倒をよくみていたからな。あいつ昔は身体が弱くて、しょっちゅう風邪を引いていたから、髪を乾かすのは俺の役目だったんだ」

「……弟さんがいるんですか」

彼の家族構成を聞いたのは初めてだった。これまで聞こうとも思わなかったから、当然かもしれない。だが今は、沈黙を埋めてくれる話題がありがたかった。

「仲がいいのですか？」

「……そうでもない、かな。色々あって、大人になってからはあまり会えなかった」

微妙な言い回しに、これ以上深く突っ込んではいけない気がした。もしかしたら、不仲になることがあったのかもしれない。

せっかく見つけた会話の糸口を失い、動揺する。美幸が視線をさまよわせると、玲一郎の指先がうなじを掠めていった。

「これだけ長いと、乾かすのも大変そうだ」

「疲れていると、面倒だなと思うこともあります……」

「でも、よく手入れがされていて綺麗だ」

軽く後ろに引かれた気がするのは、また毛先に口づけられたからだろうか。風に煽られた髪が、はらはらと宙を舞う。何となく、顔を見られない体勢で良かったと思った。今どんな表情を自分がしているのか、するべきなのかが分からない。

美幸が少し身じろぐと、ドライヤーのスイッチが切られた。

「悪い。熱かったか？」

「え、いいえ……」

とても、気を遣われている。口にはしないけれど、こちらの挙動に意識を払ってくれているのだろう。

――昨晩のこと、やっぱり気にしているのかな……

素直に謝れない不器用さは、自分と似ている。何とかしなくてはと焦り、結局は押し黙ってしまうところも。

玲一郎は美幸よりもコミュニケーション能力が高いし、そつなく行動できる人だと思っていた分、何だか意外だった。

触れてくる指先や背後からの気配で、彼の戸惑いを察してしまう。自分勝手で怖い人という美幸の印象が、僅かに揺らいだ。

「……もし熱かったら、言ってくれ」

再び風の音に他の物音は掻き消された。

——髪を梳かれるのは嫌いじゃない……

とても優しく、扱ってくれるから。

今朝、不可思議に気持ちが揺れるのはきっと、こうして慣れない時間を過ごしているから。それから、昨夜の夢とも現とも知れない懇願を垣間見てしまったからだ。

乱れる想いから意識を逸らし、美幸はゆっくり眼を閉じた。

4　暁の予感

三日間に及ぶ出張が終わり駅に到着したのは、予定を大幅に越えた時間だった。色々とトラブル続きで、当初予定していた新幹線に乗れなくなってしまったためだ。しかも遅延に巻き込まれ、時刻は零時を回っている。

美幸は重いキャリーバッグを引き摺って、深々と嘆息した。

ついていない。終電は終わっているからここからはタクシーを使うしかないのだが、長蛇の列を見てますます気分は沈んでいった。

いっそ二十四時間営業の店で始発まで時間を潰すか、マンガ喫茶などで休もうか。最寄りのホテルをスマートフォンで調べたが、どこも満室だった。

疲れた身体にはどの選択肢も辛い。絶望的な気分で夜空を仰ぎかけた時――握っていた端末が、着信音を奏でた。

「……宇崎課長……?」

　表示された名前に、動揺する。先日、会社用のアドレスだけでは不便だと、強引にプライベート用のアドレスを交換させられたのだ。これまでこちらの番号に連絡があったことはないので、すっかり忘れていた。

　――どうしよう……

　出るかどうか迷っているうちに、電話は切れてしまった。しかしまたすぐさま鳴り始める。

　こちらが出るまで絶対に諦めない――そんな意思を感じ、美幸は腹をくくった。

「――はい」

　通話状態にして言葉少なに応えれば、相手が息を呑むのが分かった。向こうからかけてきたくせに、こちらが出るとは思っていなかったらしい。

「……何の御用ですか。商談は、無事成功しました」

　向こうを出る際、先に報告だけは入れていたのだが、改めて繰り返す。とは言え、仕事の話がしたいのならこんな時間にかけてくるとも思えなかった。それも、プライベート用の端末に。

『――電車のダイヤが乱れていると聞いた』

「はい。今やっと都内に戻れましたけど、立ち往生しています」

普通に答えてしまったのは、心細かったからだと思う。真夜中、行き場がなく一人なのは、やはり不安だ。いくら治安がいい日本でも、できれば避けたい。

帰宅を諦めた人たちなのか、酔った勢いで騒いでいるグループもいる。帰れなくなった女の子に狙いを定めて、あわよくばお持ち帰りしようと目論む輩も。

美幸はタクシー乗り場の行列に並びつつ、あと何時間かかるだろうとうんざりしていた。

『タクシーは来ないのか?』

「混んでいて、まだしばらくは来そうにありません」

こんな時は相手が誰であっても『繋がっている』ことに安心感を得るらしい。耳に押しつけたスマートフォンから聞こえてくる玲一郎の低い声に、美幸は少なからずホッとしていた。寄る辺《よるべ》ない心細さが緩和される。

いつもならどんな無茶を要求されるのかと身構えてしまうが、今夜はもっと聞いていたいとさえ願う。電話を通して届く声は、光次のものとは違う大人の響きを伴っていた。

——この声は、好き。

似ているからではなく、耳を傾けていたくなる。

美幸は鼓膜を震わせる声音に集中し、睫毛を伏せた。

「あははは っ、次の店行こうぜ!」

その時、酔っ払いの奇声がすぐ近くで上がった。見れば、数人の若い男性が肩を組んで騒いでいる。絡まれたら嫌だな、と思い美幸は眼を逸らした。

心細さから、おかしな感情に引き摺られそうになりかけていた己を戒める。危うく弱音を吐きそうになっていた。

「でも大丈夫です。こんな時間まで、ご心配をおかけして申し訳ありません」

『迎えに行く』

だから気にせず休んでください、と言いかけた言葉は遮られた。

『今どこにいる？』

「え？　○○駅南口のタクシー乗り場ですけど……」

『分かった。そこで待っていろ』

美幸が了承する前に通話は切られていた。慌ててかけ直すも、繋がらない。

「迎えに来るって……」

本気だろうか。どうしてと疑問符で頭がいっぱいになる。いくら上司と部下であってもそこまでしてもらう理由がない。だが、断りたくても電話が通じないのではどうしようもなかった。

来ると言っている相手がいるのに場所を移動することもできず、待つより他に選択肢はない。こんなことなら、正直に言うのではなかったと後悔した。

しかし仮に美幸が『問題ない』と告げたところで、玲一郎が信じた可能性は低いだろう。

彼はこの時間まで気にかけ起きて待っていたのだから。

向こうで商談を終え展示会場を出る時に連絡したから、帰るおおよその時間は想定できたはずだ。そこに遅延が重なって、電車の到着が大幅に遅れたことも分かっていただろう。おそらく玲一郎は時間を見計らって電話をかけてきた。その間、ずっと美幸を気にしていたに違いない。

──それって、何だか……

セフレ以上に思われているのかと勘違いしそうになる。

複雑な思いを消化しきれず、美幸は無意味に足踏みした。ひとまずタクシー待ちの行列から離れ、邪魔にならない場所に立つ。どこから彼が来るのか分からないので、できるだけ見通しのいい場所に陣取った。

──気にかけてくれていたの？　私を？　それは部下として？　遊べる女として？　それとも……

「──お姉さん、一人？　俺らと一緒に飲みに行かない？」

思い悩む美幸の肩を馴れ馴れしく叩いてきたのは、学生らしきグループだった。既に酔っているのか、顔を真っ赤にして酒臭い息を吹きかけてくる。

「いえ、結構です。その、迎えが来ますから……」

頬を引き攣らせながら、やんわり断る。だがご機嫌な彼らは強引に美幸の肩を組んできた。

「いいじゃん！　絶対楽しいからさぁ！」

「あ、あの手を離して」

「そう言わず！　これも何かの縁でしょう？　帰れない者同士、仲良くしましょうよ」

「……やめてくださいっ」

ぞわっと肌が粟立った。見知らぬ男性に触れられるなんて、大抵の女性にとっては恐怖でしかない。嫌悪感のあまり、美幸は少々強く男を突き飛ばしてしまった。

「痛っ、酷いなぁ。せっかく誘っているのに」

「お前が強引だからいけないいんだろっ」

ギャハハ、と男たちから笑いが起こった。しかし一向に美幸から離れてゆく気配はない。むしろこちらを取り囲む男たちの環は、先ほどより小さくなっていた。

「これは看病してもらわないと駄目だな。お姉さんに撫でてもらわないと」

「それいいな」

「よしっ、皆で移動しようぜ」

「……やっ」

遠慮のない力で腕を引かれ、美幸はキャリーバッグの持ち手を離してしまった。倒れた鞄をグループの他の男に持ち上げられる。慌てて取り返そうとすると、思い切り手を引っ張られた。

「お一人様ご案内ー！」

「返して！」

駅前には他にも人がいたけれど、誰もがこちらに無関心だった。ただの内輪揉めと思われているのかもしれないし、関わり合いたくないと避けられたのかもしれない。

あからさまに顔を逸らされるか、野次馬根性丸出しでニヤニヤと遠目から見ているだけだ。助けは期待できないと、早々に悟る。

とにかくキャリーバッグは取り返さなければ。あの中には、仕事上大切な書類が入っている。これだけは、失うわけにはいかないと思った。

「困ります！　やめてください！」

美幸は必死に足を踏ん張って、その場に踏みとどまった。半ば引き摺られながらも全力で男の力に抗う。だが加減をなくした酔っ払いには、無駄な足掻きだったらしい。

「面倒臭いなぁ。お姉さんも持ち上げちゃう？」

「あ、それいいわ。お姫様抱っことか？　一回やってみたかったんだよ」

冗談じゃない。抱き上げられたら、それこそどこに連れていかれるか分からないし、そもそもフラフラするほど酩酊している男たちが、人ひとり安全に抱えられるとは思えなかった。

下手をしたら、高い位置からアスファルトに落とされることになる。美幸はゾッとして、なりふり構わず逃げたくなった。けれどキャリーバッグは絶対に放置できない。

「だ、誰か……っ」

「よし、俺がお姉さんを抱っこしちゃうよ！」

大柄な男に接近され、背筋が震えた。アルコールで濁った瞳は、焦点が合っていない。握られた手首は、骨が軋むほどの力で摑み直された。全身が震える。恐ろしくてろくに声も出せなかった。

——宇崎さん……っ！

「美幸！」

大声で呼ばれた名前と、駆けてくる足音。くずおれそうになる身体を支えてくれたのは、懐かしく、それでいて昔の恋人とは全く別の男性の腕だった。

「——彼女に、何か用か？」

「えっ」

玲一郎の鋭い瞳で睥睨された男たちは、本能的に負けを悟ったらしい。いくら自分たちの方が人数が多く若かったとしても、男として『格』が違うことは一目瞭然だった。身に着けているものや、立ち居振る舞い。何よりも醸し出す雰囲気が段違いだ。

玲一郎の、自分のものに触れた別の雄を嚙み殺しかねない怒気に尻込みしたのだろう。

のろのろと視線を交わし、愛想笑いを浮かべた。

「いや……ちょっとした冗談です。な、皆っ！」

「彼氏が迎えに来るなら、最初からそう言ってくださいよぉ」

迎えが来ることは美幸が初めに言ったはずだ。——彼氏ではないけれど。

「へへっ、じゃ俺たちはこれで……」

男たちは幾度か頭を下げ、キャリーバッグを置いて脱兎の如く逃げていった。興味津々でこちらを見つめていた人たちも、三々五々散ってゆく。

美幸は詰めていた息を緩く吐き出した。大事にならなくてよかった。心底安心し、膝が震え出す。余計に疲労を感じて、その場に座り込みたくなった。

——怖かった……

「美幸、大丈夫か？　もしも何かされたなら、今からでも——」

「平気です。……宇崎さんが助けてくれましたから……」

男性に声をかけられるのは苦手だ。どうしても警戒感が先走るし、純粋に恐怖を感じる。ましてや相手が酒に酔っていて集団なら尚更。向こうにその気がなくとも、身の危険を感じる女性がほとんどだと思う。

——あぁでも……宇崎課長に触られるのは、あれほど嫌ではなかったな……

性的な興味を抱かれたという意味においては、同じだったはず。むしろ玲一郎の方が欲望を露にしていた。けれど、気持ちが悪いとは感じなかった。恐れはあっても、振り解きたいほどの嫌悪感は抱かなかったと言える。

この違いは何だろう。しかも今の美幸は、彼の腕の中で絶大な安心感を得ていた。自ら玲一郎の腕に縋りつき、より密着してほしいとさえ思っている。

体格で言えば、美幸を抱き上げようとしていた男と彼はさほど変わらない。だから大柄な男性という理由だけで、あの若者を恐れたわけではなかった。

——宇崎課長じゃなかったから……絶対に嫌だと思った……

「美幸、歩けるか？　すぐそこに車を停めている」

見上げた玲一郎の顔は、会社で対峙する上司の顔とも、肌を重ねるためだけに会う脅迫者の顔とも違っていた。一人の男性として、美幸を案じて駆けつけてくれた人だ。

そして光次を思い出させる姿でもなかった。全く別の、大人の異性。

荷物を持ってくれた彼に背中を押され、駅前のロータリーに停めた車へ誘導された。

車に乗り込めば、未だ呆然としている美幸のシートベルトを玲一郎が留めてくれる。その際香った仄かな匂いに、心が潤んだ。

「送っていく。住所を教えてくれ」

「はい……ぁっ、こんな時間に、わざわざありがとうございます……すみません」

「気にするな。——俺が勝手にしていることだ」

美幸がマンションの所在地を告げると、彼は素早くカーナビを操作した。表示された目的地に向かい、車が動き出す。振動の少ない滑らかな走行は、ささくれ立っていた美幸の心を落ち着かせてくれた。

「……こんな時間まで、起きていらっしゃったんですか？」

「いつも寝る時間は遅いから、気にしなくていい」

その言い方では、美幸のために待っていたと言っているのと同じだと感じた。不器用な物言いに、窓ガラスに映る玲一郎を盗み見る。

上質であるが、ラフな格好。洗いざらしの髪はセットされていない。これまで眼にしたどの彼よりも、砕けているように思う。年齢より若く見え、今なら美幸と同じ年だと言われても信じてしまいそうだった。

それ故に、光次との違いが明白になる。

ハンドルを握る手は妙に官能的で、近寄りがたい空気を放っている。それでいて包容力のようなものも感じられた。これまでの人生で積み重ねた自信や経験が、玲一郎を形作っているからだ。

仮にどれだけ容姿が似通っている人間がいたとしても、違う生き方をすれば重ならないのは当然。けれど今初めて、美幸は玲一郎と光次が完全に別人なのだと胸に落ちた気がした。

「――疲れているだろうから、寝ていてもいいぞ。着いたら、声をかける」

「いいえ……」

肉体的には今すぐ眠りたいほど疲弊《ひへい》していた。だが眠ってしまうのが勿体ないと感じている。これまでの美幸なら睡眠だけが救いでもあったのに、今夜は夢に逃げたくない。

直接彼を見つめる勇気はないから、窓ガラス越しの横顔へ視線を注ぐ。ほんの少し早くなる心音は、心地よかった。

途切れた会話も気にならない。沈黙は重いものではなく、穏やかに流れていった。たぶんこれは、疲れと安堵が見せる幻なのだろう。緊張から解放されたことで、浮足立っているのかもしれない。玲一郎がこれほど至近距離にいて、美幸が安らぐことなど考えられないのだから。

頭ではそう分析しても、眼が逸らせなかった。本当は右を向き、ガラスに映る朧《おぼろ》げな姿ではなく、実物を見たい気持ちと戦うので精いっぱいだ。許されるなら手を伸ばし、冷えた指先を握ってほしいとも思っている。

愚かな衝動を押し殺すため、美幸は深く息を吐いた。

やがて車は見慣れた住宅街に差しかかり、美幸の住むマンション前に到着する。玲一郎はキャリーバッグをドアの前まで運んでくれた。

「……ありがとう、ございました」

「いや。ゆっくり休め」

「ま、待ってください」

そのまま帰ろうとする彼を、引き留めた理由は自分でも分からない。咄嗟に言葉が出ていた、としか言いようがなかった。実際、口にした美幸の方が驚いてしまったくらいだ。

「あの、ええと……お茶でも、飲んでいきませんか」

「……いいのか？」

今まで一度たりとも、互いの部屋を行き来したことはなかった。やんわり玲一郎の部屋に誘われたことはあるけれど、全て美幸が断ってきたからだ。

自分にとって相手のプライベートスペースに入るのも入れるのも、『特別な関係』以外ではあり得ない。セフレはその範疇《はんちゅう》でないと考えていた。だから会うのは外でだけ――と固く決めていたのだが――

「その、お礼にもならないかもしれませんが、休んでいってください……あ、今日はできない日なんですけど」

彼が眼を丸くしたことで、言わなくていいことを口にしたのだと気がついた。口走った赤裸々さに、美幸の頬が熱を孕む。これでは共にいる理由は、まさに身体だけだと言ったのも同然ではないか。

「あ、いえっ、ごめんなさい」

「……ふ、ははっ……じゃ、ありがたく少しだけ」

しかし気分を害した様子もなく、玲一郎は柔らかく微笑んだ。いつもは鋭い眼差しが、甘く綻ぶ。

「どうぞ……」

自分で誘っておいて、いざ彼を部屋に招き入れるのはとても緊張した。美幸一人なら手狭には感じないワンルームが、身体の大きい男性がいるだけで急に別の空間になったみたいだ。長い脚を持て余しながらクッションの上に座る姿は、少しだけ可愛らしかった。

「コーヒーと、紅茶……あとは緑茶とほうじ茶がありますけど、どれにしますか？」

「随分色々あるな。——ではコーヒーを頼む」

キッチンに立つ背中に、玲一郎の視線を感じた。睨むような強いものではなく、包み込まれるのに似た温もりを伴ったもの。言葉にしきれない諸々が込められている気がし、美幸の胸が高鳴った。

——今夜の宇崎さんは、怖くない。

喰らわれそうな荒々しさや強引さを感じないからか。ひたすらこちらを気遣ってくれている空気が伝わってくるからかもしれない。手探りで距離を測るような気分で、美幸はできあがったコーヒーをテーブルに運んだ。

「……どうぞ」

「ありがとう」

「砂糖とミルクは使いますか?」

「いや、このままで」

ごく自然な会話が擽ったく不思議だ。もしもあの夜出会っていなければ、二人の関係はただの上司と部下に過ぎなかった。今夜こうして向かい合ってコーヒーを飲むこともなかっただろう。

そうありたい、とずっと美幸は願っていた。

最初から全部リセットし、何もかもなかったことにして穏やかな日常に戻りたいと切望していたのだ。

——でもそうしたら、今夜酔っ払いから助けてもらうことはなかった……

どちらがいいのか、すぐには答えを出せなかった。自分でも判別できない感情が、正しい解答に至る道の邪魔をする。

助けに来てくれて、嬉しかった。守られている実感がし、本当に心の底からホッとしたのだ。もう大丈夫だと、心が頼ってしまった。ああいう充足感も、過去をやり直せたらなくなってしまう。

——それは、嫌だ。

はっきりと抱いた感想に、美幸は少なからず動揺した。では、ふしだらなこの関係を肯定するのかと問われれば、それも嫌だと明言できる。結局のところ、明確な答えなど簡単には出せない。

「――そろそろ帰る。美味しかった。ありがとう」

コーヒーを飲み干した玲一郎が立ち上がり、物思いに耽っていた美幸は我に返った。慌てて自分も腰を上げ、彼と向き合う。

「……」

適切な言葉が、見つからない。

礼は先刻言ったばかりだし、他に何を告げればいいのか思いつかなかった。気をつけて帰ってくれと述べればいいのか。しかし口を開きかけ、美幸の唇からこぼれたのは全く別の台詞だった。

「もう遅いですから、泊まっていってはどうですか?」

「……美幸?」

玲一郎の双眸が戸惑いに揺れる。だがこちらも同じだ。発してしまった言葉は取り消せず、やり直しもきかない。言い直そうと焦るほど、頭が空回りしてしまった。

「あ、そういう意味ではなくて……っ、真夜中に慣れない道を通るのは危ないし、この辺り、狭い路地ばかりなんですよ」

「ああ。途中の道も、一通が多く入り組んでいたな」

「そ、そうです。だから……っ」

いくら理由を連ねても、言い訳だと分かっていた。正直に言えば、今夜一人にされるのが怖かったのだ。実害はなかったけれど、完全に気持ちを立て直せたわけじゃない。連れていかれそうになった恐怖は、今も美幸の中に根強く残っていた。

「……嫌じゃないのか？」

「え？」

「……俺が言えた立場じゃないが、あんな目に遭えば、男が近くにいるのは抵抗を感じるものじゃないか」

「……！」

問われた内容に絶句した。まさかこんなにも心配されていると思わなかったからだ。

ああいう場面で女性が感じる恐怖を、男性に理解してもらうことは残念ながら難しい。ましてや経緯は違えど、玲一郎も似たようなことをしたとも言えた。それなのに美幸に寄り添ってくれようとする発言は意外と言うより他にない。

「宇崎さん……」

変わりつつあるのかもしれない。自分だけでなく、彼もまた。その変化を受け入れたいと、心のどこかが願っていた。

美幸は震える指先を叱咤して、掻き集めた勇気で玲一郎の服の裾を摑んだ。上手く言えないから、態度と視線で想いを告げる。『一緒にいてほしい』という願いは、ちゃんと通じたらしい。

「……車を、明日の朝まで停めておける場所に移動してくる」

「すぐ近くに、コインパーキングがあります。その隣にコンビニもありますから、私も一緒に行きます」

嬉しくなって美幸が頬を綻ばせれば、何故か横を向いた彼に、ポンポンと頭を叩かれた。その耳が僅かに赤くなっていたのは見間違いかもしれない。玲一郎はすぐに踵を返してしまったから、確かめられなかった。

何もせず、同じ夜を過ごすのはこれが初めて。

シングルサイズの美幸のベッドは、大人二人が横になるにはかなり狭い。けれど圧迫感よりも、温もりを感じながら美幸は眠りに落ちていった。


「お疲れ様！」

亜香里がビールの入ったグラスを掲げ、待ちきれないといった風情《ふぜい》で一気に呷った。

「んんっ、美味しい！　今日も一日頑張って働いた甲斐があったわぁ。それにしても美幸と夕飯食べて帰るの、何か月振りかな？」

二人で夕食を共にするのは久し振りだった。この数か月はずっと、忙しく働いているか、玲一郎との時間に充てていたからだ。

「そうだね。ちょっと色々立て込んでいて……」

今夜は、彼が取引先と会食予定があるので呼び出される心配はない。それに珍しく美幸も亜香里も定時で退社することができた。そこで、久し振りにどこかへ寄って帰ろうという話になったのだ。

「うんうん。大口の商談も纏めたし、絶好調だよね、美幸。近頃顔色も良くなっているから、私は安心していたよ」

「え？　そう……？」

「だって一時期は死にそうな様子だったからさ。私、もうめちゃくちゃ心配していたんだからね」

玲一郎との関係が始まった頃は、かなり憔悴《しょうすい》していた自覚はあった。今も全てが解決したわけではない。それでも、当時より美幸の気持ちは軽くなりつつあった。

――セフレであることは、何も変わらないのにね……

理由は自分でもよく分からない。もしかしたら、何を考えているのか全く窺い知れなかった彼の内面に、ほんの少し触れられた気がしているからかもしれない。

出張帰りのトラブルで、初めて玲一郎を自宅に招いた夜。あんなに穏やかな夜を彼と過ごせるとは、夢にも思わなかった。

狭いベッドで並んで横たわり、触れることはないまま互いの気配を探り合っていた。僅かに身じろげば指先や肩が当たってもおかしくないのに、二人とも相手に触ってはいけないと戒めていたみたいだ。

——そのくせ、朝眼が覚めたら、あの人の腕の中にいた……

包み込まれる温かさと、筋肉質な腕と胸板の感触にホッとしたのは事実だ。

美幸が玲一郎を起こさないようにベッドを抜け出したのは、彼が眠っている間に逃げ出したかったからじゃない。朝食を用意しようと考えたからだった。

——特別なことではなくて、ただいつもの習慣だっただけよ……

玲一郎のために何かを支度しようと思ったわけではないと、美幸は述懐する。自分の朝食を用意するついで。または昨晩の礼だ。他に理由なんて、あるはずがなかった。

だがあの夜から、僅かに二人の距離が縮まった気がする。そのことが、美幸を押し潰しかねなかった心労を軽減しているのだと思う。とは言え、セフレの関係性に具体的な変化があったわけではない。

昼間は職場の上司と部下、夜は呼び出されて肌を重ねるだけなのは変わらず、今も同じだ。そこに甘い言葉や進展などなかった。

「心配をかけて、ごめんなさい」

「元気になったのなら、いいって。誰でも言えない悩みの一つや二つはあるものね。それより、もしかして新しい男ができたのかな？　だったら前言撤回、秘密はなしよ。洗いざらい喋ってもらいましょうか！」

空になったグラスを勢いよく置き、亜香里は身を乗り出してきた。彼女は恋バナが大好物なのである。

「そういうのじゃないよ」

「微妙な言い回しだなぁ。ってことは、まだ正式なお付き合いには発展していないってことかな」

亜香里は妙に勘が鋭い。しかし不正解ではないけれど、正解にもほど遠かった。

玲一郎と美幸は、『まだ』も何も、交際相手にはなり得ない間柄だからだ。

「……付き合うとか……そういう相手はいないもの」

「ええ？　でも、明らかに美幸変わったじゃない。前は仕事にのめり込むことで何かを忘れようとしているのかなって危うさがあったけど、近頃はすごくバランスが取れている感じ。仕事もプライベートも充実している女って雰囲気だよ」

そんなふうに見られていたことに、まず驚いた。本当に亜香里は周りをよく見ている。

「私、危うかった？」

「うーん……何て言うのかな……がむしゃらだなって思っていた。好きな仕事で一所懸命になるのは共感できるんだけど、それ以上に自分の全部をかけているみたいな……ああ、私も何言っているかよく分かんないや」

ハハッと笑う彼女に、美幸は曖昧に笑み返した。

思い当たる節はある。光次に振られて、夢を叶える以外他に道はないと思い、ずっと突っ走ってきたからだ。立ち止まったり後ろを振り返ったりしたら、負けだと感じていた。いい女になって彼を見返すためにも、失敗は許されないと思い込んでいたから。

「でも最近の美幸、雰囲気が柔らかくなったよね。だからこれは絶対、恋人ができたんだと思ったわけです！」

早くも酔いが回り始めたのか、亜香里はご機嫌で語る。

「ずっと彼氏がいないことも知っているしさ。美幸はハッキリ言わないけど、忘れられない人がいるんだなって、薄々感じていた。辛い恋愛したのかなぁと、友人としては案じていたわけよ。それがここにきて事態が動いたとなれば、聞かずに済ますことはできないでしょう」

過去の苦い失恋を言い当てられたことに、また驚く。同時に、これまでは強引に踏み込もうとしてこなかった友達に、心から感謝した。たぶん亜香里は美幸の傷の深さを悟り、見守ってくれていたのだ。

「ありがとう……亜香里」

「何よ、改まって。それよりも、詳しく教えなさいよ。どんな人なの？　まさかとは思うけど……時期的に考えて宇崎課長？」

「違う！　か、課長に失礼でしょう！　そもそも深読みしすぎだってば！」

「またまたぁ」

猛然と首を左右に振る美幸に、「流石にそれはないかぁ。二人とも社内恋愛とか面倒なこと、避けそうだもんね」と亜香里は独り言ちる。こちらは内心冷や汗塗れになっていたが、上手くごまかせたらしい。

とは言え、完全に恋愛話だと決めてかかる彼女は、美幸の『色恋の話ではない』という否定を華麗にスルーする。打ち明けるまでは帰さない、と亜香里の眼が語っていた。

「あの、期待に応えられなくて申し訳ないけど、彼氏とかじゃないから」

「前も聞いたけど、そのピアスはプレゼントじゃないの？」

「えっ、これは本当に違うよっ？」

反射的に耳朶に触れ、美幸は口を滑らせていた。身に着けているピアスは、自分で購入したものだ。玲一郎から押しつけられた品は、変わらず部屋で眠っている。しかし今の発言は、遠回しに『異性の存在』を肯定したのも同然だった。

「これ『は』？　『本当』に？　何よぉ、全部喋っちゃいなさいって！」

ニンマリ笑った亜香里は、おしぼりをマイクのように突き出してきた。

「いい出会いがあったんでしょ？」

「いや、だから出会いとかじゃなくて……少しだけ気が紛れると言うか……」

彼女の強引さに白旗を掲げ、美幸はポツリと漏らした。

玲一郎と過ごしていると、過去に思いを馳せる時間が減る。最近は、夜を持て余すことは少ない。一人泣き暮らしているよりは、健全と言えなくもなかった。

少なくとも近頃は、光次の事故について検索することはほとんどないし、思い出の品を漁って過去の記憶に浸ることも少ない。それがいいことか悪いことかは、まだ決められないけれども。

「つまり、昔の恋を忘れられそうなの？」

「……それはないわ」

考えるより先に、美幸の口から返事がこぼれていた。

光次を完全に忘れられるとは、どうしても思えなかったからだ。自分の恋は全部彼に注いでしまい、空っぽになっている。今も胸の一番大事な場所にいるのはあの人だけ。即答し、美幸は水を一口飲んだ。

「……忘れるつもりはないの」

「え？　それって何だか不毛じゃない？　いや、色んな恋愛の形があってもいいんだけど、相手の人は納得しているの？」

「納得？」

意味が分からない質問に眉をひそめる。亜香里の顔を見ると、彼女は唇を尖らせていた。

「他人が口出しして申し訳ないし、二人が受け入れているなら構わないけど……まるで都合よく利用しているみたいだなって思っちゃった。それが一概に悪いとは言わないし、それこそ大きなお世話だけどさ。美幸と相手の人が同じ方向見ていなかったら、悲劇じゃない？」

「どういう……意味？」

「ああ、この言い方だと非難しているみたいに聞こえるよね。んん、上手く言えないなぁ。えっと、美幸は忘れられない、忘れる気がない人がいるんだよね？　それで別の人と付き合っても、将来性がなくない？　もし相手が『この先』を望んだ時、お互いに傷つくと思うんだよなぁ」

玲一郎が亜香里の言うような『この先』を想定しているわけはないけれど、彼女の言わんとしていることは、何となく伝わってきた。

これまで美幸は、『自分のこと』しか考えていなかった。強制された関係で、きっかけを作ったのはこちらでも、最終的に己は被害者だと思っていたからだ。だが、本当にそうだろうか？

最近の自分は、さほど玲一郎との関係に苦しんでいない。ずっと不実な逢瀬を重ねて辛かったのは事実だ。光次への純粋な恋心を裏切り、美幸自身も汚れてゆくようで苦悩していた。

けれどこのひと月余りは――

変わったのはいつからか。たぶん、あの穏やかな夜からだ。

上司や支配者ではない、玲一郎の別の一面を見たあの日から、何かが少し変わり始めている。いや、もしかしたらその前から。

幻聴のような懇願と、不器用な気遣いを示された時から――

「……あの人とは、本当にそういう関係じゃないの」

「でも、一緒にいると癒されるんでしょう？　大事なことだよ、それ。美幸がずっと抱えていた重荷を、僅かでも軽くしてくれたのなら、簡単に手放しちゃいけない人だと思うよ。だってこれまで、誰にもできなかったことをしてくれているんだもん」

ハッと息を呑む。

亜香里の言葉に、反論したいことは山ほどあった。そもそも、『恋人』という前提が違う。自分たちはただのセフレだ。もとより将来性など持ち合わせていないし、望んでもいない。それなのに、言い返せないのは何故だろう。

自分でも、薄々勘づいていたからだと思う。

美幸は光次を想い続けたまま、被害者面をして玲一郎を利用していた。自分は一度でも、彼の立場に立って考えたことがあっただろうか?

今までなら欠片も気に留めていなかったことに意識を奪われる。いや、考えまいとしてきたことが無視できない大きさになって、突きつけられていた。

例えば玲一郎の様子。これまで美幸は、呼び出されれば自分のことにだけ眼が向いていた。明日のこと。光次のこと。早く終わりにしたいとばかり考えて、玲一郎が多忙だとか、知らぬうちに気遣われていることなど微塵も認識できていなかった。

——あれだけ仕事を任されている人が、暇なわけはないのに……

彼は忙しい中、美幸との時間をどうにか作り出している。決して余暇を潰すために自分を呼び出しているわけではないのだ。その上こちらの体調をよく見ているのか、美幸に本当に余裕がない時は、声をかけてこない。

一度気がついてしまうと、次々に合点がいった。

ダイヤのピアスを贈ってくれたり、いかにもなホテルではなくハイクラスの部屋を予約してくれたりしたのは、『報酬』ではなく純粋な気持ちだったのかもしれない。

美幸をセフレとして軽く扱う真似を、玲一郎はしてこなかった。考えてみれば、尊重されていたのだ。玩具でしかない女のために、彼は真夜中に車を飛ばして駆けつけてくれた。そこに意味を求めたくなるのは、たぶん間違っている。

だって美幸自身は玲一郎に返せるものがない。

思い至ってしまえば、あらゆることが意味を変えていた。

投げつけられた辛辣な言葉も、死者に囚われた美幸を鼓舞《こぶ》するためだったとは思えないだろうか。あまりにも乱暴で言葉足らずだから誤解していたが、励ましてくれたと解釈できないこともない。

不器用だ。

それとも美幸が彼の毒に侵されて、都合のいい妄想に逃げているだけなのか。

玲一郎といると、どうしたって光次と重ねてしまう。似ているところ、違うところを探し、『あの人はこうだった』と比較せずにはいられない。それはとても失礼なことだと思う。

誰に対しても不誠実で、あらゆる人を裏切っていた。光次と自分自身だけでなく、他の誰よりも玲一郎を侮辱している。

——私は宇崎課長を利用していたの……？

前に別れたいと告げた時、美幸が見ていたのは自分のことだけ。『もう耐えられない』と限界を感じ、光次との思い出を守ることを選択した。あの時はそれが正しいと感じたし、真剣だった。

けれど今は。

玲一郎と過ごすことが嫌ではなくなり始めている。その事実に改めて気がつき、動揺しているのだ。

光次を好きな気持ちは変わらないのに、思い出だけを抱いて生きるには、一生は長すぎる。心はどんどん枯渇して、たぶん美幸の精神はギリギリだったのかもしれない。

ぽっかり空いた穴を、埋めてくれたのは玲一郎だ。やり方が、正しかったとは言い切れない。むしろ犯罪まがいで多分に危ういものだっただろう。

だが美幸は救われた。途中何度も押し潰されそうになったが、結果的には前を向く力を取り戻しつつある。

——光次を忘れるつもりもないくせに……

玲一郎もまた美幸を利用しているのだから、お互い様と言えなくもない。だが割り切れるほど自分は器用ではなかった。

いっそ、玲一郎がもっと身勝手で横暴な人なら良かった。そうすれば美幸は被害者の振りをして心置きなく彼を利用できたかもしれない。光次のいない穴埋めに、そっくりな玲一郎を使って、良心の呵責《かしゃく》を感じることはなかったはずだ。

——でも私はあの人の優しいところも知ってしまった。

相手を一人の人間だと認識したからこそ、ふしだらな関係が辛くなるなんて皮肉だ。どうでもいい人が相手なら、気がつきもしなかったこと。

欠片でも好意があるから、肌を重ねることに抵抗が大きくなっていた。

「――美幸？　あの、余計なこと言っちゃったなら、ごめん。あくまでも私の勝手な感想だから！　気にしないでね」

項垂《うなだ》れてしまった美幸に慌てたのか、亜香里が殊更明るい声を出した。カクテルを一気に飲み干し、頭を下げる。

「駄目だ、ちょっと酔っている。これ以上飲んだら、もっといらんこと言っちゃいそうだから、お開きにしよう」

普段の彼女なら、回るほどの飲酒量ではない。おそらく、言いすぎてしまったと反省しているのだろう。

美幸は気にしないでくれと告げ、店員に会計をお願いした。

精算を済ませ店外に出れば、まだ二十一時前。申し訳なさそうな亜香里とは駅で別れ、電車に乗る。

過去の失敗を教訓にして、今夜美幸が飲んだ酒はビール一杯だけだ。到底酔える量ではない。だから意識はハッキリしていた。夜の街並みを走る電車内から眺め、どうしても物思いに耽ってしまう。

――私は、狡い……

亜香里に言われたことはきっかけでしかなく、たぶんいずれは自分でも辿り着いた答えだろう。それが早まっただけに過ぎない。それでもキリキリと胸が痛んだ。

頭の中がぐちゃぐちゃに乱れ、様々な想いが浮き上がってくる。それらほとんどが玲一郎に関することだった。

鞄の中でマナーモードにしていたスマートフォンが震える。

美幸は着信したメールを開き、激しく狼狽した。今まさに、自分の頭を占めている人が送信者だったからだ。

「……あっ……」

電話ではないのだから、すぐに反応を返す必要もない。気がつかなかったと言い訳することもできた。けれど。

怖々メールを開けば、素っ気ない文章が表示される。

美幸は書かれた内容に眼を走らせた。

──『予定が変わった。今から会えないか？』

短い文面は味気ない。だが今の美幸には、玲一郎が幾度も迷いながら送ってきたのだと察せてしまった。

──ああそうだ……あの人からの呼び出しはいつも一方的な『命令』ではなかった……

仮に自分が断るという道がなかったとしても、高圧的に『来い』と言われたことはない。言い方だけの問題かもしれないが、常に問いかけではあった気もする。

本当は、拒否する余地が残されていたのかもしれない。気づかなかったのは、美幸自身。

いや、気づこうとしていなかった。

光次に似ている玲一郎に抱かれることを、心のどこかで望んでいたから。

「……っ」

会えないと返信したい。今夜は無理だと言えば、きっと彼は納得する。だが明日は？　明後日は？　これから先もほぼ毎日会社で会うのに、逃げ続けることなどできるわけもない。

袋小路に追い詰められた心地で、美幸は迷う指先を無理やり動かした。今は帰りの電車内だと、どうとでも解釈可能な返信をする。すると数分で返事がきた。

――『もうすぐ自宅の最寄り駅に着くのか？　だったら、駅でそのまま待っていてくれ。車で行く』

嫌だと叫びそうになり、ぐっと呑み込んだ。先延ばしにしても、何も解決しない。

――もう、二度と後悔したくないから……

高校時代の美幸は、振られた自分のプライドを守ろうとして逃げ、結果光次と二度と会えなくなってしまった。きちんと向き合っていれば、こんなにも未練を引き摺ることはなかったのに。その悔いが、深く心にこびりついている。

これからは間違えたくない。

致命傷を負うとしても、過ちだと感じたなら、引き返すのも勇気だ。

美幸はスマートフォンを強く握り、『分かりました』と打ち込んだ。

ふと顔を上げると、電車の窓に映る女の表情は強張り凍りついている。大きく息を吸えば、アナウンスが間もなく降りる駅への到着を告げた。

——別れてくれと伝えよう。

自分が心苦しいからではなく、玲一郎に申し訳ないから。

心に決め、電車を降りる。美幸が言われた通り改札を出てロータリー近くで待っていると、見覚えのある一台の車が近づいてきた。

「——待たせたか?」

開いた窓の向こうに玲一郎の顔を認め、美幸は淡く微笑んだ。他に、どんな顔をすればいいのか分からなかったからだ。

曖昧な笑みに、敏い彼は何かを感じたのかもしれない。瞳を眇め、車に乗り込む美幸をじっと見つめてきた。

「……何か、あったのか?」

「……いいえ。どこへ行くんですか?」

「特に決めてはいないが……夕食は食べたか?」

頷きつつ、そう言えば自分は玲一郎と密会する時、彼が食事を済ませたかどうかを気にかけたこともなかったと思い至る。大抵は美幸の方が先に退社し、玲一郎が仕事を終えるまでに食事を取るのが習慣になっていた。

考えてみれば、彼に食べる時間があったとは思えない。その程度のことも、自分は見ようとはしていなかったのだ。

自己嫌悪に潰されそうになりながら、美幸は隣を見た。

「……宇崎さんは、食べましたか？」

「ああ、会食で食べてきた」

「それなら……良かったです」

「——どうした？　何かいつもと違うな」

怪訝な表情で覗き込まれ、動揺した。揺れた瞳はけれど、すぐに玲一郎へ吸い寄せられる。暗い車内で外の明かりに照らされた彼は、美幸が戸惑うほど魅力的だった。惹きつけられる心と視線を、無理やり引き剝がす。

「く、車……ずっと停まっていては、邪魔になってしまいます」

「ああ……少し、走らせるか」

玲一郎がすぐにいつものホテルへ直行しようとしないのは、やはり何かを感じ取っているからだろう。

動き出した車内に、沈黙が落ちる。話を切り出すきっかけを探し、美幸は遠くを見ていた。どう話せば、彼を不快にさせずに聞いてもらえるのか。前回のように怒らせたくはなかった。自分を傷つけて、自らもダメージを受ける玲一郎を見たくない。

思い悩むほど、急く気持ちとは裏腹に美幸の口は重くなっていった。

「――まさかまた終わりにしたいとでも言うつもりじゃないだろうな」

唐突に彼の方から核心を衝かれ、美幸は息が止まった。答えられず、愕然として運転中の玲一郎を見る。彼はまっすぐ前だけを睨みつけていた。

「どう……して」

「この前と似た顔をしている。前回君が誰のものか散々教えてやったのに……まだ分かっていなかったみたいだな」

「私は……っ、誰のものでもありません……！」

「俺のものだ。――死んだ人間になんて渡さない」

絡みつく執着の言葉に絶句する。それほど玲一郎が自分に拘る理由がさっぱり分からないからだ。

丁度いい遊び相手なんて、きっと彼なら簡単に見つけられる。美幸でなければならない意味が見当たらない。それとも、女の方から別れを切り出されることが玲一郎のプライドを傷つけたとでも言いたいのか。

「……潮時、だと思います。勘のいい同僚に私たちの関係を疑われていますし……何とかごまかしましたけれど」

亜香里の指摘を少々大げさに告げれば、彼はちらりと視線を向けてきた。だがすぐに再び前方へ眼を戻す。

「それで？　会社にばれたら困るから、清算したいと？　――俺は知られたところで、別に困らない」

「わ、私は困ります……！　……きゃっ」

玲一郎の苛立ちを表すようにハンドルをやや乱暴に切られ、美幸の身体がシートの上で横に揺れた。以前乗せてもらった際は、もっと安全運転だった。それだけ、気分を害しているのだろう。

――何を言っても、穏便に終わりにするのは無理に決まっている……だったら――

「……私は、仮に今後貴方に呼び出されても、プライベートでは応じません。これ以上無理をおっしゃるなら、部長に相談します」

「――へぇ」

怒鳴られるかもしれないと覚悟していたが、返されたのはたった一言だった。身を硬くして続きを待った美幸は、いつまで経っても罵倒を浴びせられないことに拍子抜けする。伏せていた視線を怖々彼に向け――凍りついた。

人並外れて整った顔立ちの人の表情が抜け落ちると、こうも他者に威圧感を与えるものか。全身が粟立ち、本能が声高に危険を叫んだ。

だが今すぐ逃げたいと願っても、ここは走行中の車の中だ。

「……降ろしてください。この辺りなら、まだ歩いて帰れますから……」

「こんなにひと気のないところから、一人で帰るつもりか？」

駅に近い都会の住宅街でも、人通りが途絶える場所はある。例えば一本奥に入ったコインパーキングの前。今、玲一郎が車を停めたのも、そんな場所だった。

「道は分かりますから、大丈夫です」

シートベルトを外そうとした手を、身を乗り出してきた彼に遮られる。横から覆い被さられる形になり、美幸の心臓が痛みを伴って脈打った。

「まだ話は終わっていない」

「いくら時間をかけても、私の結論は変わりません……！」

これ以上、薄汚い人間になりたくない。玲一郎を光次の身代わりにすることも、利用することもしたくなかった。彼が示してくれた優しさや気遣いに対し、悪意もなく搾取していた自分が恥ずかしい。

たぶん、美幸が思っていたよりもずっと誠実で優しい玲一郎を、身勝手な事情で傷つけたくなかった。

「そんなにあいつが忘れられないのか……っ？　もうこの世にいない相手を想い続けて何になる。いつまで過去の男に囚われているつもりだ」

「光次のことだけが理由じゃありません。私はこれ以上、貴方にも迷惑をかけたくないんです……っ！」

真剣な男の瞳に引き摺られ、美幸は言うつもりのなかった本音を口にしていた。

刹那、静寂が落ちる。

ひと気のない夜更け、車という狭い空間の中、一組の男女が見つめ合う。互いの双眸に、何かを探し求めて。呼吸さえ、憚られていた。

先に唇を震わせたのは、玲一郎の方だ。

「……俺に迷惑？　どういう意味だ」

「……おっしゃる通り、私は昔の恋人を忘れられません……きちんと終わらせなかったから、この胸にずっと燻ぶったままなんです。そして宇崎さんは彼に似ています。……似すぎていて、錯覚するほど……私は貴方といるとどうしても光次を思い出して余計に忘れられなくなる。宇崎さんを通して、彼を見ているんです。これが利用していると言わなくて、何なんですか……？」

涙が一筋、美幸の頬を伝った。

顎から滴り落ちた滴が、握り締めた拳の上にポツリと降る。

至近距離でこちらを覗き込んでいた玲一郎の顔が、クシャリと歪んだ。

「……だったら、利用すればいい。いくらでも似ているところを活用してくれ」

「そんなこと、できません……っ、誰に対しても、不誠実じゃありませんか」

「俺がいいと言っている。身代わりでも何でも、美幸が傍にいてくれるなら、構わない」

「どうして、そこまで……」

困惑し瞬けば、大粒の涙が次々に溢れた。美幸の濡れた頬へ、彼の指先が伸ばされる。触れる直前ほんの一瞬迷い、意を決したように指先が滴を拭った。

「――分からないのか？　本当に？」

問われた答えを、たぶん美幸は知っている。けれど言う資格がない。心の中央に別の人を住まわせて、近くにいてくれる男性に救いを求められるほどしたたかになれなかった。おそらく玲一郎もそんな不器用さを分かっているのだろう。無理に返事を待つことなく、軽い嘆息の後、身体を引いた。

「……すまない。君の心の隙につけ込もうとした」

謝る必要などない。人間同士の駆け引きなど、大概がこういうものだ。まして誰かの『たった一人』になりたいなら、なりふりなど構っていられるはずはなかった。

玲一郎は、美幸が築いた壁を強引に乗り越えたくせに、こんな時は無理やり奪おうとしない。狡いと思う。同時に――愛おしいとも感じた。

たぶんこれは、恋じゃない。光次に抱いていた熱病とは、違う種類のものだからだ。色も質量も別のもの。それなのに胸が温もるのは何故だろう。

光次と別れてから、ぽっかり空いたままだった美幸の虚ろに、光が灯る。冷えていた場所に、温もりが通った気がした。

「——今はまだ、身代わりでもいい。傍にいてくれ」

命令ではない懇願に、頭の芯が痺れた。絡まり合う視線が吸い寄せられる。それでも首を左右に振ろうとした美幸に彼が悲しげに眼を細めた。

「自分を責めるな。全部俺のせいにすればいい。……実際、その通りなんだから」

こうなったのは、玲一郎だけが原因ではない。痛いほど自覚している美幸は、懸命に拒絶の言葉を紡ごうとした。けれど、何かを音にする前に、唇を重ねられる。今まで何度も交わした荒々しいものでも、淫らなものでもない。

互いの複雑な気持ちを代弁する、穏やかで柔らかな口づけ。魂が潤うような、優しさだけが介在するキスだった。

「……ぁ」

残っていた理性が脆く崩れる。『駄目』という身の内から聞こえる声に耳を塞ぎ、美幸は彼の背中に手を回していた。

己の狡さに抗えない。本音では、この人を手放したくないと願っていた。過ちと強制から始まった関係だが、いつの間にか心地いい『居場所』になっていたのだと、認めざるを得ない。

美幸にとって、玲一郎はもう、ただの支配者でも脅迫者でもなくなっていた。

啄むキスを何度も繰り返す。唇を繋げる時間を少しずつ増やしていき、たどたどしく舌を絡ませ合った。

まるで口づけを覚えたてのティーンエイジャーだ。生まれて初めてキスをした時より、美幸は緊張していた。

いつの間にかシートベルトは外されていて、背中とシートの間に玲一郎の手が差し込まれる。身体を捩った不自由な体勢で、それでも可能な限り互いの身体を密着させ合った。触れる部分から、強張りが解けてゆく。抱き合っているだけで心の中が満たされた。

街灯が少ないせいで彼の顔はハッキリ見えない。けれど丁度良かった。こちらから見えないということは、向こうの視界も明瞭ではないということだ。美幸は今、自分でもどんな表情を浮かべているのか判然としない。だから、これでいいのだと思う。

諸々の問題は後回しにし、欲望に忠実になって玲一郎のキスに応えた。

傍にいたい。こうしていたい。願うのは、それだけ。考えなければならないことを頭の隅に追いやって、刹那の救いを求めていた。

「美幸……」

「名前をもっと、呼んでください……」

耳に注がれる低音に酔いしれ、濡れた吐息を漏らし、指先を彼の髪に遊ばせる。切なく震える喉に口づけされ、美幸は滾る熱を吐き出した。

「……あっ……」

狭い車内では、思うように動けない。互いに協力しながら服を寛げていった。

ブラウスのボタンを外されて、胸の谷間に吸い付かれる。暗がりの中でも赤い花が刻まれたのが見え、浮かせた腰から下着を抜き取られる頃には、既に期待が大きく膨れていた。

「……こんなところで、悪い。でも我慢できない」

一途に求められ、美幸に拒むという選択肢は浮かばなかった。もしかしたら玲一郎の色香に酔わされているのかもしれない。酩酊し、冷静な判断力を失っていると言われれば、否定できない気もした。

だが今夜呑んだのは、ビール一杯。酔っていないと明言できる。だから今夜の行動は、美幸自らの意思であることに間違いはなかった。

「君といると、盛ってばかりだ……まるで獣《けだもの》だな」

「……私も、同じです」

負けないくらい求めている。口下手で上手く伝えられない分、眼差しで語った。

彼が望むものを返せないし、まだこの気持ちに名前を付けられないけれど、せめて空っぽではないのだと言いたい。打算や肉欲だけではない何かが、自分の中に生まれつつある。

告げる権利もないが、欠片でも伝わってほしかった。

「……今は、それで充分だ」

短い遣り取りで、玲一郎が想いを受け取ってくれたのだと悟った。額を擦り合わせ、指を絡ませて手を繋ぐ。運転席に誘導され、美幸は向かい合った体勢で彼の脚の上に跨《また》がった。

「……ん、ぁ……っ」

脚の付け根を玲一郎に弄られると、淫らな水音が奏でられる。いつもと比べてたいして触れられていないのに、非日常の淫靡さが美幸の快楽を増幅していた。

普段の生真面目な自分なら、こんな大胆なことはとてもできない。いくらひと気がない場所でも、絶対に誰も通らないと保証されているわけではないのだ。万が一、車の横を他人に歩かれたら、車内で何をしているか一目瞭然だろう。大騒ぎになりかねない。

それでも、止まれなかった。

彼の指先に弾かれた淫芽が、絶大な快感を運んでくる。交わす視線は甘さを増し、瞬きをするのさえ勿体なかった。

一秒たりとも視線を逸らさず、もどかしく身体を揺らす。玲一郎がベルトを外し、彼の楔に蜜口を擦られると、美幸の全身に疼きが広がった。

「や、ぁ……っ」

「そのまま、腰を落として」

導かれるまま、ゆっくり身体を落としてゆく。自ら玲一郎の昂りを呑み込んでいくのは、かつてないほど刺激的だった。体内を抉じ開けられるような感覚に恐れをなし、最後まで受け入れることができない。中途半端な膝立ちになったまま、美幸は涙目で彼に訴えかけた。

「あ……無理……」

「大丈夫。ほら」

「……っ、あ！」

背骨を伝い下りた指先に尻の割れ目を辿られて、思わず太腿から力が抜けた。肩を摑まれ引き下ろされて、完全に玲一郎の上に座り込む形になる。蜜路には彼の屹立が全て収まっていた。

「大きいっ……」

「そういうことを言って、煽るな」

首筋に齧りつかれ、鎖骨付近へも赤い花弁を咲かせられた。

秘所は限界まで広げられ、苦しいほど玲一郎でいっぱいになる。二人、荒い息を吐き出しながら、緩やかに腰を振った。

「……ぁ、あッ……ぅあ、アンッ」

激しい動きではないのに声が抑えられない。動きたくても狭さ故の制約があり、渇望が

募っていった。しかしもどかしさも糧にして、愉悦は深く大きくなる。美幸は思い切り彼に抱きつき、汗に塗れた身体をくねらせた。

「ぁあっ……宇崎さん……っ」

「——玲一郎、と呼んでくれ」

乞われた内容に眼を見開く。真剣な面持ちでこちらを凝視する男は、切実な気配を纏っていた。

この場の雰囲気に流されて、思い付きや酔狂で言っているわけじゃない。本当に名前で呼ぶことを望まれているのだと察した。美幸には、自分も覚えがある感情だからよく分かる。

「……玲一郎、さん……」

真剣な願いを、拒むことなんてできない。たぶん彼は、美幸と同じものを欲している。完全には重ならないけれど切実なそれを、どうして拒否できるだろう。

互いだけを視界に収め、控えめに身体を揺すった。忙しなく繋がったのにもかかわらず、未だかつてなく深い部分で抱き合っている気がする。大きなうねりがやってくる予感に、美幸は嬌声を上げた。

「ぁあっ……もうっ……！」

「美幸……っ」

「ひ、ァっ」

下から突き上げられて、上り詰める。最奥で被膜越しに欲望の迸りを感じた。それが微かに寂しい。光次以外許したことがない場所に、もしも直接玲一郎を感じられたら、その時自分は何を思うのだろう。

快楽に蠕動《ぜんどう》する蜜路を緩々と擦られて、甘い愉悦の余韻を味わった。脈打つ心臓が、全身に淫靡な熱を運んでゆく。一向に引かない波の中、美幸はかつてない充足感を覚えた。

「ごめん……少しの間、このままで」

「はい……」

髪を梳かれ、大きな掌が後頭部を撫でてくれる感触を享受した。乱れた息の下で、眼を閉じる。

美幸は玲一郎の胸に寄りかかり、彼の香りを胸いっぱいに吸い込んだ。

5　白み始める空

美幸と出会ったのは、本当に偶然だった。転職先に、彼女が勤務していたことも。

美幸の寝顔を見守りながら、玲一郎は『あの夜』を思い出す。

何度か通ったバーに彼女が現れたのは、奇跡にも等しい。そこに作為は一つもなかった。

ただ、真っ青な顔で入店してきた女性が美幸だと一目で分かったのは、我ながら呆れるほどの執念だと失笑せざるを得ない。運命だとも感じた。

彼女に、これまで直接対面したことは一度もなかったのに。

――昔から知っていると勘違いするほど、繰り返し聞かされていたから――

写真や動画でしか見たことがない上、それさえ八年前のものが最後だ。けれど残された映像やデータは、今も色褪せることなく美幸の輝く笑顔を映し出している。花が綻ぶような笑みも、情熱的にこちらを見つめる眼差しも全て――恋人へ向けられたものとして。

自分に対してではない。分かっていても、玲一郎の中に蓄積された行き場のない想い。

——もしも本当のことを知ったら、君は俺から離れてゆくだろうか？　それとも——

朝に弱い玲一郎が、心置きなく彼女の寝顔を観察できるのは、美幸が眠りに落ちた後しかない。だからこそ眠るのが惜しくて、つい夜更かししてしまうのだ。結果、尚更寝起きが悪くなるという悪循環だった。

けれど、誰にも——彼女自身にさえ邪魔されず愛しい人の顔を見つめられるのなら、至福の時間と断言できる。

眠っている間だけは、美幸は『あいつ』のものではない。間違いなく玲一郎の腕の中にいてくれる。たとえ心が完全に堕ちていないとしても、こうして触れられるだけで今はまだ耐えられた。

——俺を恨んでいるか？　光次。だが美幸の手を離したのも、勝手に先に逝《い》ってしまったのもお前だ。もう、遠慮はしない。

本当なら、交差するはずのなかった二人の人生が、何の因果か気まぐれに交わった。だったら、諦めるのは終わりにする。卑怯でも何でも、なりふり構わず欲しいものは手に入れよう。

玲一郎は己の顔に触れ、自嘲した。

そんなにも、自分はあいつと似ているだろうか？

これが好機なのか呪いなのか、決められるのは隣で眠る美幸だけ。

彼女の心に整理がつくまで、いつまでも待つ。強引に引き留め関係を継続させたのは、あのままなら美幸が壊れかねないと思ったからだ。それほどの危うさを、初めて会った夜に感じた。

どんな経緯で元恋人の死を知ったのかは分からない。だが、直後に玲一郎と巡り合ったのは、紛れもなく奇跡だ。あの日、あの場で邂逅《かいこう》しなければ、きっと何もかもが今とは別の形になっていただろう。おそらくは――最悪の結果を招いていた。

「……それとも、お前がくれた縁なのか？　いや、彼女が今でも自分のものだと、見せつけるためか……？」

待つと誓いつつ、本音は自分だけ見てほしい。欠片でも、別の男を心に住まわせていることが許せない。何もかも全部手に入れたくて、気がおかしくなりそうだった。

以前より、美幸の気持ちがこちらに傾いていることは薄々感じている。でも、足りない。そんな貪欲さに蓋をして、玲一郎は彼女の寝顔を見つめ続けた。

夜が深まる。

玲一郎の言葉に、応える声はなかった。

◇◇◇◇◇

休日を共に過ごす。それが当たり前になってひと月が過ぎた。

これまでは主に金曜日の夜を一緒に過ごし、翌朝は慌ただしく別れていた。けれど今、美幸と玲一郎は可能な限り土日も同じ部屋で過ごしている。

それもいつものホテルではなく、彼の部屋に泊まることが多い。

特に何をするでもなく、並んで映画を観たり、他愛のない会話をしたりすることにも慣れつつあった。

「いつも思いますが、玲一郎さんの部屋は本当に広いですね……」

男性の一人暮らしとは思えない広々とした一室で、美幸は感嘆の声を漏らした。

立地は駅近で、病院や公共施設、スーパーが最寄りにあってとても便利だ。いわゆるタワーマンションと呼ばれる物件は、庶民にとっては憧れだろう。

ファミリー向けなのか、部屋数は三つ。正直なところ、独り身でどうしてこんなところを借りているのか、疑問に思っていた。

「掃除が大変だし、家賃も高そう……」

「掃除は業者に委託しているし、分譲だから月々家賃を支払っているわけじゃない」

「えっ」

別に返事を求めていない独り言だったのだが、返ってきた答えに美幸は眼を剝いた。いくら役職や年齢が違うといっても、同じ会社に勤めていながら、そんなに給与に差があるのだろうか。彼はヘッドハンティングされた身なので、通常よりは高給取りなのかもしれないが、それにしても驚きである。

絶句していると、玲一郎が前髪を掻き上げた。今日の彼は完全にオフ仕様で、髪をセットしておらず、格好もシャツにジーンズという軽装だった。

「……学生時代、友人と立ち上げた会社があったが、俺は卒業と同時に手を引いたんだ。その際得た譲渡金で購入した」

「す、すごいですね……」

いったい何をしていていくらで手放したのか、興味はあったけれど怖くて聞けなかった。美幸にはあまりにも未知の話だ。

「まぁ結局は、一人住まいには広すぎて、使っていない部屋があるがな」

その部屋には現在、美幸の私物が増えつつあった。好きなように使っていいとも言われている。放っておくと美幸専用のベッドを買いかねない勢いを、どうにかはぐらかしているところだった。

自分たちの関係にはまだ、名前がない。けれど恋人と呼ぶことは難しい。

週末を長く一緒にいても、連れ立ってどこかへ出かけることは皆無だからだ。いわゆるデートと言うものを、二人はしたことがなかった。

部屋の行き来をするようになり、ホテルを利用しなくなったので、尚更外出の頻度は減っている。食事は買ってくるかデリバリーを頼むこともあったが、ほとんどは美幸が作っていた。

玲一郎に『作ってほしい』と要求されたことはない。むしろ『疲れているなら買って帰ろう』と言われている。

彼は、人目に付きたくないといった美幸の言葉を律義に尊重してくれているのだ。

「今夜の夕食は、何か食べたいものがありますか?」

「いや、特にはない。――君が作ってくれるなら、何でもいい」

それでいて、不意打ちにこんな甘い台詞を吐いてくるから戸惑う。自分たちは今、互いの距離を測っている最中だ。特に玲一郎は、最初あんなに強引に美幸を引き寄せ縛りつけたくせに、今は怖々反応を窺っている節がある。

少しだけ、可愛いと感じる。

朱に染まりかけた頬を背け、美幸は冷蔵庫を開けた。

自炊しないと言う玲一郎の部屋には、当初調理器具は揃っていなかった。炊飯器さえない有様だったのである。それが今は、過不足なく充実していた。初めてこの部屋に足を踏み入れた時はほぼ空っぽだった冷蔵庫にも、食材がぎっしり詰まっている。

――これは、作ってほしいとは決して言わないけど、私の料理を楽しみにしてくれているということなのかな……？

素直じゃないし、不器用だ。玲一郎の無言の期待を感じ、美幸はひっそり微笑んだ。

「それじゃ、和食と洋食ならどちらがいいですか？」

「……和食」

ポツリと返された素直な言葉に、必死で笑いを噛み殺した。可愛い。五つも年上の男性に対して失礼かもしれないが、どうしてもそう思ってしまう。

恋人同士ではないけれど、美幸にとって彼が大事な人になりつつあるのは事実だった。

「それじゃ、魚を買ってきましょうか」

流石に傷みの早い食品はなかったので、美幸は近くにあるスーパーに行こうと決めた。

すると、玲一郎も上着を羽織り、準備している。

「重いものは買いませんから、大丈夫ですよ？」

「いや……一緒に行っては駄目か？」

不安を揺らめかせた瞳で問いかけてくるのは、反則だと思う。『駄目』だと言えるわけがない。そもそも嫌ではなかった美幸は、鞄を持ち上げた。

「いいえ。では荷物持ちをお願いします」

彼の住むマンションは会社からさほど離れていないが、地価が高い分、あまり顔見知りが住んでいるとは思えなかった。これから行こうとしているスーパーも、普段美幸が利用している安さが売りのところとは違う。高級感を前面に押し出した店舗だ。

だから誰かに会う確率は低いだろう。そう判断し、了承していた。

カテゴライズできないこの関係を、誰かに知られても平気でいられる勇気はまだない。自分自身にさえ説明できないのに、『どういう繋がりなんだ?』と聞かれた場合、答えられないからだ。

けれど手探り状態のままでも、玲一郎と過ごす時間を、美幸は厭っていなかった。失いたくないとさえ願っているのだ。だから最近では『人に見られたくない』理由は、『現状を維持したいから』に変わりつつある。

卑怯で狡い。

だが居心地のいい居場所をなくしたくなかった。

彼に甘えている自覚はある。『全部俺のせいにすればいい』という台詞に寄りかかり、結論を出さず、いいとこ取りをしているだけなのだから。

不意によぎる罪悪感に苛まれ、美幸は玲一郎をじっと見つめた。

——何故彼は、こんなに私によくしてくれるんだろう……

曖昧なまま玲一郎を搾取しているとは思わないのだろうか。普通なら、もっと怒ってもいいはずだ。都合よく使うなんて馬鹿にしていると罵倒されてもおかしくない。

毎日不安定に揺れ乱れる美幸の気持ちを、どうして全部受け止めてくれるのか——理由を突き詰めようとして咄嗟にやめる。

まだ自分に準備ができていない。あともう少し。ほんの少しだけ、解答に至るのは先延ばしにしたかった。このぬるま湯めいた満たされた時間を終わりにしたくなかったから。

歩いてスーパーに行き、必要な食材を購入して戻った頃には、十八時近くになっていた。ご飯は炊飯器にかけてあるし、魚は焼くだけなのでさほど時間はかからない。副菜は彼のリクエストにより、ポテトサラダと卵焼き。それだけだと野菜が不足しているので、美幸は野菜炒めも作った。

どれも特別手間がかかるメニューではない。だが玲一郎はとても喜んで食べてくれた。無表情のままではあったけれど。

「皿洗いは俺がする」

「ありがとうございます」

こうして後片付けを申し出てくれるのは、いつものこと。すっかり役割分担ができあがり、美幸は彼が淹れてくれたコーヒーに口をつけた。

流しに立つ玲一郎の背中を見守り、穏やかな気分に浸っているのは、何だか不思議だ。運命のいたずらと呼ばず、何と呼ぼう。

以前なら、考えられなかった。もし独りぼっちだった頃光次の死を知ったとしたら、自分は立ち直れただろうか？　答えはおそらくＮＯだ。考えるまでもなく結果は眼に見えていた。

きっと打ちのめされ、今でも膝を抱えて蹲っていたかもしれない。玲一郎が強引に、引きずり回す勢いで外の世界へ連れ出してくれたから、殻に籠らず自分の足で立っていられるのだと思った。

いつか、感謝を伝えられたらいい——そう感じながら何気なく時計に表示された日付を見た美幸は、ふとあることを思い出した。

「そう言えば、明日はこの近くでフードフェスタがありますね。さっきスーパーでお知らせを見ました」

「ああ……毎年やっているらしい。俺は行ったことがないけれど」

「……一緒に、行ってみませんか?」

美幸の方から彼を誘うのは初めてだった。短い言葉なのに、噛みそうになるほど緊張する。背中を向けていた玲一郎は、信じられない台詞を聞いたと言わんばかりの顔で振り向いた。

「…………え?」

平素の倍以上の時間をかけた間の後に、彼が首を傾げる。聞こえなかったということはないだろう。あまり唐突に誘ったから、意味が分からなかったのかもしれない。だが言い直す勇気は持てず、美幸は自らの顔の前で両手を振った。

「あ、あ、何でもありません……っ、忘れてください」

自分から一緒に出歩きたくないと宣言しておいて、身勝手な提案をするなんて、我ながら呆れる。口にしてしまったことは消せないので、コーヒーを啜《すす》ることでごまかそうとした。

「玲一郎さんは、コーヒーを淹れるのがお上手ですね。今日も美味しいです」

「……コーヒーメーカーにセットしただけだが」

「豆に拘っているんですね！」

わざと明るい声を出し、話題の転換を目論む。しかしあえなく失敗に終わった。手を洗い、水を止めた彼がじっと見つめてきた。それどころかこちらに近づいてきて、カウンターテーブル越しに美幸の顔を覗き込んでくる。

重い威圧感に潰され、顔が上げられない。両手で持ったマグカップは、微かに震えていた。

「……いいのか？　俺と、一緒で。人出が多いから、もしかしたら知り合いに会うかもしれないぞ」

「……玲一郎さんこそ、構いませんか？」

質問に質問で返し、互いに核心部分を避けていた。不器用な者同士、どうしても会話が弾むことはない。だが言葉より雄弁な瞳で、相手の真意を探っていた。

怖々伸ばした手は、落ち着く場所を探している。触れる許可をくれと、懇願していた。

「――休日の早起きは苦手だから、午後からゆっくり行こう」

「楽しみにしています」

カウンターテーブル越しに身を乗り出した彼が、はにかむ美幸にキスをした。頬に触れた手から、微かに食器用洗剤の香りがする。

一度離れ、再び唇は結ばれた。情熱的に舌を絡め、息が上がってゆく。美幸が控えめに喉を震わせると、劣情を露にした玲一郎が至近距離からこちらを射貫いていた。

「……抱きたい」

美幸の了解を求める言葉に瞳を伏せて頷く。最近では、彼はこうしてこちらの意思を確認してくれた。嫌だと言えば、名残惜しげにしつつも引いてくれる。まるで本物の恋人同士になったみたいだ。

一方的な関係ではなく、築き上げているものがあった。

手を繋いで寝室に連れ立ち、間接照明の明かりの中、向かい合う。

高層階にあるこの部屋は、都心の夜景が一望できた。特に寝室からの景色は最高だ。大きく設けられた窓ガラスの外には、息を呑むような色とりどりの明かりが煌めいている。

しかしそれらを一瞥《いちべつ》もすることなく、美幸と玲一郎は固く抱き合ったままベッドに横たわった。

互いの服を脱がせ合い、一枚脱ぎ捨てるごとにキスを交わす。頬や髪に触れ、温もりを分かち合った。

ラグジュアリーなホテルにも負けないほど、玲一郎の部屋のベッドは大きくて寝心地がいい。裸の身体をしっかりと支えてくれ、手足を絡ませたまま二人は一緒に反転した。押し倒されていた美幸が彼の上に重なる。逞しい肢体に乗り上げる形になり、官能的な息を漏らした。

「……玲一郎さんの身体は、綺麗ですね」

引き締まった腹や、逞しい胸板。鍛えられた腕の筋肉に指を這わせる。見事な凹凸と造形に、感嘆の声を上げずにはいられなかった。

「擽ったい」

「何かスポーツをしていたんですか？」

「……高校の頃は、バスケットボール部に所属していた。大学でも続けていたな」

「そうですか……」

では光次と同じだ。皮肉な符合に心が乱れ、美幸は彼が僅かに言い淀んだことには気がつかなかった。

髪を束ねていたシュシュを取られ、美幸の髪がサラリと広がる。玲一郎の指が乳房に沈み、胸の頂が芯を持った。甘い愉悦がじわじわと高まり、肌が色づく。薄桃色に染まった美幸の胸元には、赤い花弁が散らされていった。

「あ、痕はあまり残さないでください……っ」

「嫌だ。もっと残したい。先週つけた痕が、もう消えている」

残念そうに呟いた彼は、たった今自らが刻んだキスマークを爪で辿った。美幸が掻痒感《そうよう》で身じろげば、揺れた乳嘴を食まれる。口内で転がされ、淫悦が掻き立てられた。

「……んっ」

「美幸」

呼び声だけで促され、玲一郎の意図を悟る。美幸は彼にのしかかったまま、少しだけ下に移動した。

「……恥ずかしいから、あまり見ないでください……」

無駄と知りつつ、一応はお願いしておく。だが玲一郎が視線を逸らしてくれることはない。滾る眼差しに炙られている心地で、美幸は自らの舌を彼の胸へ伸ばした。

「……っ」

ピクリと力が入った玲一郎に勇気を得、たどたどしく男性の慎ましい乳首に吸い付く。いつも彼がしてくれているように丁寧に舐めれば、玲一郎の吐息が潤んだものに変わった。

基本的に受け身だった美幸が、これまで相手に性的な何かをしてあげようとしたことはない。知識も度胸も足らず、受け止めるだけで精いっぱいだった。

けれど彼には、喜んでほしいと思う。少しでも快感を得てほしくて、拙いながらも懸命に奉仕した。

立ち上がる胸の頂を甘噛みし、密着させた腰を揺らす。尻に当たる硬いものの感触に、こちらも体内が熱くなるのが分かった。互いに興奮を高め合い、肝心な部分にはまだ触れない。最も快感を得られる場所を巧みに避け、美幸と玲一郎は戯れた。

「……君は真面目だからか……っ、覚えが速くて困る」

「えっ……駄目でしたか?」

もしや嫌だったのかと思い、慌てて上体を起こした。

「最高だから、困るんだ。俺はどちらかと言えば、美幸が可愛らしく鳴いてくれているところが見たい」

「や、あっ」

片手で剝き出しの尻を摑まれ、思わず腰が浮いた。すると生まれた隙間に、彼の手が滑り込んでくる。既に蜜を滲ませていた花弁を搔き分けられ、美幸は中途半端に膝立ちになったまま声を堪えた。

「んんっ……」

「可愛い」

玲一郎の指にごく浅い部分だけを行き来され、余計に彼の存在感が増してゆく。掌全体で秘部を刺激され、美幸の太腿がガクガクと震えた。

「ふ、ぁ……っ」

「すっかり感じやすい身体になった」

「は、恥ずかしいことを、言わないで……っ、あ、ァっ」

もしも美幸が淫らに変わったのだとしたら、それは彼の仕業だ。溺れるほどの快楽なんて、これまで自分は知らなかった。抱き合うことで生まれる癒しや安堵も、玲一郎が教えてくれたこと。

だから揶揄《やゆ》されるのは納得がいかない。

意地っ張りな美幸が顔を覗かせ、つい彼を睨んでしまった。

「大人しく弱そうに見えて、意思が強いところもいい。——それから一途なところも」

まっすぐ自分を見てくれる人がいる事実が、こんなにも心を慰撫してくれるなんて考えもしなかった。温もった気持ちが、涙腺を刺激する。

美幸は滲む涙を瞬きで振り払い、もう一度身体を倒した。今度は、自ら口づけるために。

玲一郎の胸板に押しつけられた乳房が、柔らかに形を変える。硬い男の肌に擦れた頂は、すっかり淫靡な色に染まっていた。

腰を抱かれ、水音を立てる口づけにクラクラする。逸《はや》る気持ちをたしなめて、焦らすように彼の脇腹を擽れば、玲一郎が美幸の髪を軽く引っ張った。

「いたずらするな。……我慢できなくなる」

「しなくていいです……」

「……自分の発言には、責任を持ってもらうぞ」

彼の喉仏が淫猥に上下し、美幸は身体の位置を変えられた。おろされた先には天を仰ぐ玲一郎の楔がある。寝そべったままの彼に跨り、ゆっくり呑み込んでゆけば、蜜路を埋め尽くされる喜悦に全身が歓喜した。

「ん、ぁっ……」

ふしだらな声をこぼし、淫らな視線で玲一郎を誘惑した。これ以上はどうすればいいのか自分には分からない。経験が乏しい美幸にとっては、彼の屹立を呑み込むのが限界だった。

僅かでも動けば、いいところに当たった切っ先に抉られ、達してしまいそう。蕩けるほどの快楽の中、動くことなど不可能に思われた。

「も……私っ……」

「好きなようにすればいい。自由に動いて構わない」

できないと知っていて、悠然と微笑む玲一郎は意地悪だ。悔しくて何か仕返ししたくなる。だが貫かれたままの美幸に反撃する余力はなかった。

「や……っ」

呼吸さえ響いて辛い。鍛え上げられた彼の腹に手をつき、どうにか身体を支えた。

「仕方ないな。今夜はよく頑張ったから、褒めてやる」

美幸の内側にいる玲一郎の剛直も雄々しく質量を増しているくせに、さも余裕があるふうを装うのは狡い。けれど抗議の声を上げる暇もなく、下から突き上げられた。

「ああっ」

向かい合って座る体位も繋がりが深くて気持ちがいいけれど、完全に彼を見下ろしているこの体勢は、また違う昂りを美幸にもたらした。不安定な体勢は、油断していると振り落とされそう。自重で深々と穿たれ、一突きごとに意識が飛びかけた。

「……アッ、ぁあ……ゃ、あんッ」

ぐちゅぐちゅと大きな音が結合部で掻き鳴らされる。体内を掘削される感覚に、粘膜がざわめいて収縮した。

汗を飛び散らせ、片手を繋ぐ。美幸の太腿付近を支えてくれる大きな掌にさえ、新たな愉悦を拾ってしまった。

「ひ、ぅっ……ぁああッ」

時折リズムを変えられて、貫かれた状態で腰を前後にも揺すられた。玲一郎の叢に擦られ、美幸の花芽が哀れなほど赤く膨れる。すっかり顔を覗かせた淫芽は、快楽を貪ることに夢中になっていた。

「んぁあッ……変に、なっちゃう……っ、あ、あ、ァあっ」

「ああ……いやらしいな。もっと見せてくれ」

乳房が揺れる光景に美幸自身が煽られた。彼の律動に合わせ踊っているみたいだ。淫猥なリズムに身を任せ、淫らに善がり狂う。

白く泡立った蜜液が美幸の内腿を伝い落ちていった。

「美幸っ……」

感情の見えにくい玲一郎の例外は、名前を呼んでくれる声かもしれない。渇望を露にした声音に、美幸の内側が戦慄いた。

「……くっ、いきなり、締めるな……っ」

「わ、分からな……っ、ァアッ」

彼の形が生々しく伝わってきて、余計に愛蜜が溢れる。大きなうねりが襲ってくる予感に、爪先が丸まった。

蠕動する蜜窟を、情熱的に突き上げられる。跳ねる美幸は玲一郎の思いのまま嬌声を迸らせた。

「やぁああっ……」

「達しそうになったら、どうすればいいか教えただろう……?」

艶めいた囁きを耳が拾った瞬間、美幸は髪を振り乱した。そんな恥ずかしいこと、できない。けれど期待を孕んだ眼差しを注がれ、彼の願いを叶えてやりたくなった。

上下する視界の中、玲一郎を見下ろす。赤く朱を刷いた目尻に、自分と同じくらい彼も限界が近いことを知る。卑猥な水音が激しくなり、快感が飽和しようとしていた。

「んぁあ……も、イっちゃう……！」

「違うよ、美幸」

下から伸ばされた彼の指に胸の飾りを摘まれ、尚更追い詰められてしまう。あと少し。もう少しで弾ける。自分でも動きながら、美幸は悦楽の階段を駆け上がろうとした。

だが。

「……え？」

ピタリと動きを止めた玲一郎が唇で弧を描き、じっとこちらを見上げてきた。先ほどまで嵐の中で揉みくちゃにされそうだった法悦が、いきなりお預けになって愕然とする。戸惑った美幸は、肩で息をする彼を見下ろした。

「れ、玲一郎さん……？」

「何て言えばいいか、ちゃんと教えてあげただろう？」

色香を滴らせた問いかけは、命令と同義だった。けれど美幸が不快に感じていないのは、胎の奥がキュンと疼いたことでも明白だ。

興奮が高まる。

凝視してくる双眸の熱さにのぼせそう。クラリと眩暈を感じ、美幸の下腹が反応した。

「あ……」

「ほら、言って」

丸い尻を撫で回されて、飢餓感を煽られる。これだけじゃ到底足りない。散々淫悦を教え込まれた美幸の身体は、すっかり彼に従順になってしまった。

他の人が相手なら、こうはなれない。玲一郎が相手だから、どんなに羞恥を覚える要求でも従いたくなってしまうのだ。

「……イかせて……ください……っ」

絞り出した美幸の声は、掠れていた。顔だけではなく全身が赤く熟れる。恥ずかしくて堪らず、彼の鋭い眼差しから睫毛を伏せ逃げ出した。

「……こら、ちゃんと眼を見ることも教えただろう」

美幸の腕を摩る玲一郎の掌に催促され、怖々瞼を押し上げた。視界の中、一言では説明しきれない感情をいつも渦巻かせる人が微笑んでいた。

少しだけ意地悪で、優しい笑みに、美幸の感度が高まる。泣きたい心地になり、自らの喉に力を込めた。

「……ごめんなさい……謝るから、早くイかせて……っ」

「――よくできました」

「ァあっ」

最奥を突き上げた剛直の先端で、美幸が感じる部分をぐりぐりと押し上げられる。落ち着きかかっていた身体は、瞬く間に愉悦の坩堝に投げ込まれた。

「ひぁァっ……やぁっ」

何も考えられない。繋いだ片手だけを頼りにして、大胆に腰を振った。息を詰める彼の艶めかしさに、一層鼓動が速まり快楽が際限なく大きくなる。

「ぁあぁ……っ！」

「美幸……っ」

背をしならせて、高みに達した。隘路の中で、玲一郎の楔がビクビクと跳ねる。それをぎゅうぎゅうと締めつけながら、美幸は喜悦の海を漂った。口の端を、唾液が伝う。糸が切れた人形のようにくずおれれば、難なく彼が抱き留めてくれた。

大きく温かい身体に包み込まれる。整わない息の下で、口づけを交わした。何度も頭を撫でられて、あまりの心地よさに陶然とする。

玲一郎は美幸の髪に触れるのが、殊の外好きらしい。以前『もっと短い方が似合う』という趣旨のことを言われたけれど、あれ以来『切った方がいい』と要求されたことはなかった。

——光次が好きだった長い髪……

断ち切れない美幸の想いが、形になったもの。きっとこれから先も、何の疑問もなく長いままだと思っていた。

けれど今。

汗で肌に纏わりつく髪を、美幸は初めて煩わしいと感じていた。


翌日は、予定通り遅い朝食を食べてから出かけた。

フードフェスタは盛況らしく、昼食時を過ぎた時間でも混雑している。会場となっている公園には沢山の屋台が立ち並び、大勢の人で賑わっていた。

「すごい……」

「想像以上の人出だな……こんなに混んでいるとは思わなかった」

「何でも、関東初お目見えの有名店が出店しているそうです」

入り口で受け取ったパンフレットを見ながら、美幸は答えた。人の波がすごすぎて、ぼんやり立ち止まっていることもできない。油断していると玲一郎とはぐれてしまいそうで、二人はできるだけ混雑の少ない木の下に移動した。

「万が一のために、待ち合わせ場所を決めておくか」

「そうですね。入り口は三か所設けられているそうなので、先ほど私たちが通過したここにしませんか？」

　地図を示しAと記載された入り口を提示すれば、彼は頷いた。

「分かった。だが可能な限り迷子になるなよ」

「わ、私が迷子になる前提なんですか……っ？」

　子供の頃からしっかりしていると言われてきた美幸にとっては、心外だった。学生の頃の自分はいつも、仲間を誘導したり集合を促したりする立場だったのだ。それを幼児の如く扱われ、不本意でしかない。

「美幸は確かにしっかりしているが、前しか見ず視野が狭い時がある」

「……っ」

　亜香里にも似たようなことを言われた。『がむしゃら』で『危うい』というのは、意味するところが同じだろう。

「し、心配していただかなくても……」

「だから、手を繋がないか」

　差し出された大きな掌を、じっと見つめてしまったのは驚いていたからだ。瞬間的に言われた意図が分からず、美幸は固まっていた。しかしそれは、玲一郎を誤解させてしまったらしい。

「……悪い。調子に乗った」

「えっ、――あ、ち、違います。嫌だったんじゃなくて……急だからびっくりして……」

言い訳じみているけれど、それは紛れもなく本当だった。咄嗟に握り返せなかったのは、拒否したかったからではない。

引っ込められてしまった彼の手を追い、一歩近寄る。その時背後から人にぶつかられ、よろめいた美幸はそのまま玲一郎の胸に飛び込む形になった。

「きゃっ……」

「危ないっ」

筋肉質な腕に支えられ、抱き留められた。跳ねた鼓動が疾走してゆく。息を吸った瞬間彼の香りが美幸の鼻腔を満たし、尚更胸が高鳴った。

「す、すみません……」

「いや、大丈夫か?」

考えてみれば、昼間の屋外でこうして玲一郎と過ごすのは初めてだった。見つめ合ううちに、周囲の音が遠のいてゆく。飛び交っていた雑音は、何故か美幸には全く聞こえなくなっていた。

「……しかし話題のものを食べようとすると、あの行列に並ばなければならないわけか。だがせっかく来たのに、目当てのものを諦めていては勿体ないな」

「え、はいっ、私もそう思います」

ぐるりと公園内を見渡した彼に言われ、美幸は慌てて背筋を伸ばした。ほんの一瞬、ぼんやりしていたらしい。これでは迷子の心配をされても仕方ない。

「玲一郎さんは、何が食べたいですか？」

「君は？　いつも俺の希望を聞いてもらっているから、今日は美幸に付き合う」

そう言われると、迷ってしまう。

和牛を贅沢に使用したハンバーガーも美味しそうだし、チーズがたっぷりのった一品も食欲をそそる。更にはスイーツコーナーまであり、すっかり眼が迷ってしまった。

それに遅い朝食だったため、まださほど空腹でもない。完食できるか不安になり、美幸は答えを出せずにいた。

「——食べきれなければ、俺が引き受けるから大丈夫だ。好きなものを何品でも選べばいい」

「本当ですか？」

だったら、お腹に溜まりそうで選択肢から外した芋のスイーツもチャレンジしてみたい。

さつま芋が大好物の美幸は思わずはしゃいだ声を上げ玲一郎を見上げる。すると蕩けるような優しい瞳で見返された。

「あ、あの……」

「やっと、笑った。……俺はずっと、その笑顔が見たかった」

「……え？」

言葉の意味が分からず、美幸は瞬いた。けれど問い返す前に彼は寂しげに眼を逸らす。その視線の先には何もない。虚空をさまよって、一度強く眼を閉じた後、彼の眼線は美幸に戻ってきた。

「まずは近いところから回るか？　どこを見てみたい？」

「え……じゃあ、ここを……」

釈然としないまま、美幸はここから一番近いブースを指さした。パンフレットで地図を確認した玲一郎が方向を見定め、先に歩き出す。

「ま、待ってください！」

背中を向けた彼の左手を、美幸は慌てて握っていた。今を逃せば、きっと二度とこんな機会は訪れない気がしたからだ。

勇気を掻き集め、何か言われる前に指を絡ませた。

「こ、この人ごみなので……」

もごもごと言い訳し、振り解かれまいと力を込める。初めから嫌ではなかったのだとこれで伝わるだろうか。美幸が迷いながら玲一郎を見上げれば、刹那、彼は痛みを堪える表情を浮かべた。

「……ああ。でもはぐれたら、必ず俺が探し出す」

「……迷った時は、下手に動かずじっとしている方がいいんですよ」

「それは遭難した場合だろう。……悩んでいる時には、とにかく動いた方がいいこともある」

色々な意味に解釈できる発言に、動揺した。まるで美幸自身のことを言われているみたいだ。

繋いだ手はそのままに、二人並んで歩き出す。器用に人波を縫う玲一郎のおかげで、美幸は誰にもぶつからず目的の屋台まで辿り着けた。

「テントの下で座って待っていてくれ」

「え、一緒に並びます」

彼一人を行列に並ばせる気など毛頭なかったので、美幸は首を横に振った。

公園の中央には、沢山の椅子と机が並べられ、その上にテントが張られている。自由に飲食できるようになっており、どこもそれなりに混み合っていた。

「時間がかかるかもしれないぞ」

「だったら尚更、二人でいた方が楽しいでしょう」

一人でぼうっと待っているのは辛い。話ができる分だけ、気が紛れると思った。特に深い意味はなかったのだが美幸がそう告げると、瞠目《どうもく》した玲一郎が固まっていた。

「楽しい……？」

彼の耳が赤くなる。目尻も朱に染まったが、美幸が驚いているうちに背中を向けられ見えなくなってしまった。

「玲一郎さん？」

「何でもない」

あからさまに嘘を吐き、彼は頑なにこちらを振り向いてくれない。何がいけなかったのか反芻し、ようやく美幸は気がついた。

——あ……私、この人といることを、当たり前のように楽しいと感じているんだ……

それを口にしたから、玲一郎は照れているのだと思う。いや、動揺した、と表現した方が正確だろうか。

——私はいつの間に、彼と一緒にいて緊張しないどころか、気持ちが弾むようになっていたんだろう……

玲一郎の狼狽が感染したのか、自分の頬も熱くなってくる。きっと今、赤面していることだろう。彼が前を向いたままでいてくれるのが、丁度良かった。もしも振り返られたら、どんな顔をすればいいのか分からないから。

会話が途切れ、これでは一人で並んでいても同じだ。けれどちっとも退屈は感じないいま時間が過ぎる。

結局黙って行列に十分ほど並び続け、大きなハンバーガーを購入した。半分に切ってもらったけれど、それでもボリュームがある。付け合わせのポテトが大量で、案の定、美幸には食べきれなかった。

「……もう、お腹がいっぱいです……」

ポテトはともかく、齧ってしまったハンバーガーは持ち帰ろうか。美幸が包んで鞄に入れられるかなと思案していると、玲一郎が手を伸ばしてきた。

「え？　でも食べかけで……」

もしかしてごみ箱に捨ててきてくれるという意味だろうか。けれど食べ物を粗末にしたくない美幸は首を振って断ろうとした。

「家で食べ——ええっ？」

何の躊躇いもなく、彼は美幸の手から取ったハンバーガーにかぶりついた。その行動に、一切の迷いはない。当たり前のようにほんの数口で完食され、呆然としてしまった。

他人の食べかけ——それも直接口をつけたものを食べられるのは、相当心を許していないと無理だろう。自分たちは恋人ではない。友人でさえない。名前の付けられない曖昧な関係だ。

繋がりはか細く、常に不安定に揺らいでいる。それなのに、一瞬の逡巡もなく美幸の残したものを口に運んだ玲一郎が信じられなかった。

更に言うなら、美幸は全く嫌でなかった自分にも驚いた。

「た、足りなかったですか……?」

我ながら、馬鹿な質問をしていると思う。問題はそんなことではない。お腹が空いているのなら、他にいくらでも食べ物を売っている店がここにはあるのだ。けれど彼が選んだのは、美幸の食べ残し。

指先についたソースを舐め取る玲一郎の仕草に、心臓が大きく脈打った。休日の彼は、前髪を下ろしたまま。プライベートであることが強調され、急に美幸の胸が苦しくなった。しかも今日は何故か、普段はかけていない伊達眼鏡をしている。ひょっとしたら変装のつもりかもしれないが、似合いすぎてつい眼が吸い寄せられてしまった。

ちなみに美幸は、帽子を被っている。ここに来る途中で駅の中にあるセレクトショップでたまたま見かけ購入した。いや正確には、玲一郎に「プレゼントしたい」と言われ頷いたのだ。

純粋に嬉しく、断ろうとは思えなかった。ダイヤのピアスを押しつけられた時とは、心境がまるで違う。

——でも、この帽子も『変装』の一環なのかな……

目深に被るタイプのデザインは、頭をすっぽり覆ってくれる。美幸の長い髪を束ねれば、内側に収納することも可能な、ゆったりとした遊びが後頭部にあった。真夏などは、日差しを避けながらすっきり髪を纏められるかもしれない。

長いシーズンを使えそうだし、玲一郎はやはりセンスがいい。だが、万が一誰か知り合いに会った時、言い逃れができるように二人とも変装していると思えなくもなかった。

――玲一郎さんは、どういうつもりなんだろう……？

他者に知られたいのか、知られたくないのか。――それとも、美幸の気持ちに配慮してくれているからか。

「ハンバーガーなんて、久し振りに食べた」

「わ、私は……昔からあまり食べたことがないです」

「学生時代は普通ファーストフード店に入り浸らないか？」

「下校途中にどこかへ寄るのは、校則違反でしたから」

生真面目に美幸が答えると、眼を丸くした玲一郎が絶句していた。

「……本当に真面目だな」

「ルールを破ることが、怖かっただけです」

教師に怒られる真似をしてまで、食べたいとも思わなかった。だが今は、少しだけ後悔している。ハンバーガーがこんなに美味しいものなら、もっと早く出会っていればよかった。そうすれば、当時の限定商品も食べられたのに。

「……昔の友達や――恋人には誘われなかったのか？」

「放課後は、図書室で勉強してから帰るのが習慣だったので、なかったですね」

何の気負いもなく返事をし、しばらくして美幸は遠回しに光次のことを言われているのだと気がついた。

今までなら、すぐに思い至ったかもしれない。思い出の全ては、なくした恋人に通じていたから。けれど今日は、一度も光次のことを考えていないことに気がつく。朝から楽しみにしていたのは、玲一郎とのデートだけだ。

——デート……そうだ。これはデートなんだわ……

改めて考え、ストンと胸に落ちた。

一緒に出かける提案をしたのも、手を繋ぎたいと願ったのも、美幸の意思。食べかけの食材を胃に収められて不快ではなかったことも、間違いなく自分の感情だった。

玲一郎と出会ってから、彼に対する気持ちはどんどん変化している。最初は怖かったし、憎んでもいた。けれど今は——

——傍に、いたいと思う。

身代わりなどではなく、玲一郎自身と。利用するためなどでもない。何故なら今日、美幸は光次を思い出しもしなかった。

たった一日にも満たない時間ではあるけれど、こんなことは八年間で初めて。ずっと彼を思わない日はなかった。

ふとした瞬間、見た景色や聞こえてきた音楽、漂ってきた香りや触れた感触——それら全てが、苦しいほど光次に繋がってしまった。けれど今日考えているのは、玲一郎のことばかり。

そういう意味なら目的は達成したことになる。過去の傷からすっかり立ち直り、前を見据えている証拠だ。もう『身代わり』も『気を紛らわせてくれるもの』も必要ない。

だが美幸は変わらず玲一郎と一緒にいたいと願っていた。

──私にとってこの人は、特別だから。

若さ故の熱病だった恋とは違う。もっと大きく溢れるような気持ち。自分を守ることよりも、相手の幸福を願う想い。その感情の名前を、たぶん自分は知っている。

「美幸……？」

「……私は本当に、一つのことに集中すると、周りが見えなくなる……」

ポツリと漏らせば、彼がハンカチを差し出してくれた。

「これで手を拭いて」

「あ、私も持っています」

「いいから」

押しつける勢いで握らされたハンカチをありがたく使わせてもらい、美幸は洗濯してから返すと告げた。

「律義だな」

「癖みたいなものです。治りませんので——慣れてください」

美幸はわざと素っ気なく言い、ハンカチを鞄にしまった。これからも共にいることを前提とした台詞に、玲一郎は気がついただろうか。何か言われる前に席を立ち、背中を向けた。

「次はあのお店と、安納芋《あんのういも》のスイートポテトを買いに行きたいです。あ、でも食べきれないので持ち帰ります」

「——ああ、分かった」

柔らかく響く声はたぶん、美幸の意図を察してくれたからだと思った。ごく自然にまた手を繋ぎ、歩き出す。途中ごみを捨て、目的の店へ向かった。

「どうせなら、他にも買って帰って、夕飯にしないか。俺の部屋で一緒に食べよう」

「え、でも……まだ満腹なので、夕食はきっと遅い時間になってしまいますよ？」

「送っていく。——もしくは、今夜も泊まってくれて構わない」

「き、着替えがないので無理です」

金曜日の夜から、二泊分の準備しかしていなかった。今夜は自分の部屋に帰るつもりだったので、会社用の服を用意していないのだ。流石に、先週と全く同じ格好で出社するというわけにはいかないだろう。亜香里の眼をごまかせるとは思えなかった。

「取りに行ってもいいし、買って帰ってもいい。——離れたくない」

握られた手に、切実な力が込められた。

「美幸が嫌でないのなら……もう一晩、一緒にいてくれ」

痛いほど心音が乱れ、玲一郎の声以外は何も聞こえなくなっていた。意識の全てが彼に向かう。眼も耳も、美幸の全部が玲一郎に惹きつけられていた。

「駄目か？　嫌なら、断ってくれて構わない」

そんなふうに懇願されたら、断れない。

繋いだ手をきゅっと握り返す。小さく了承の言葉を告げ、美幸は幸福感から口元を綻ばせた。


フードフェスタからの帰り道、美幸の部屋に必要なものを取りに寄り、玲一郎のマンションに戻ってきた。買ってきた料理は、ひとまず冷蔵庫に入れ、貰った帽子を大切に鞄にしまう。部屋に置いてこなかったのは、もう少し手元に置いておきたかったから。

コーヒーを飲みながら休憩していると、彼のスマートフォンが着信音を奏でた。

「――悪い。取引先からだ」

書斎に向かう玲一郎を見送り、手持ち無沙汰になった美幸は何の気なしにリビングを見回した。

何度見ても、独身者が住むには広すぎる物件だ。ロボット掃除機がスイーッと床を移動してゆくのを眺め、気まぐれについて行ってみる。

行き止まりになれば方向を変え、狭い空間にも潜り込み、自分で充電まで判断するのだから、何て賢いのだろう。愛らしくクルクルと回転する様を見ていると、これはもはやペットなのではないかという気までした。

「私も欲しいけど、うちじゃ宝の持ち腐れね……」

やはりある程度の広さがないと恩恵を実感できないと思う。

じっくりロボット掃除機を見学し、美幸がふと顔を上げると、大きなラックの前だった。壁一面に板を渡し、置物や雑誌を『見せる収納』にするオープンラックだ。玲一郎はインテリアのセンスもいい。

そこに、今日彼が掛けていた伊達眼鏡が置かれているのを見つけてしまい、苦笑した。

——変装だとしても、似合っていたな。

何も言わなかったが、自分に気を遣ってくれたことは充分伝わってきた。急に甘酸っぱい気持ちになり、レンズの入っていない眼鏡に触れる。戯れに装着してみて、美幸は鏡を探した。

その時——

丁度右足を出したところに、ロボット掃除機が滑り込んできた。慌てて避けたせいで、体勢を崩す。よろめいた拍子に、美幸はオープンラックに肩をぶつけてしまった。

「きゃっ……」

衝撃は、さほどなかった。けれど棚に置かれていた物の一部が倒れてしまう。幸い壊れたものはなかったが、美幸は散らばってしまった数冊の本を慌てて拾い集めた。掛けていた眼鏡は、もとの場所に置く。

「お、折れたりしていないよね……？」

どれも飾っておきたくなるほどハイセンスな洋書だ。しかし、玲一郎ならばインテリアとしてではなく本当に読んでいるのだと思う。開き癖がついていたし、中には付箋も貼られている。

「弁償するにしても、こんな素敵なものどこで売っているのか分からないわ……」

埃を払い、慎重に破れや汚れがないかも確かめた。

「大丈夫そう……よかった……」

パラパラと捲ってみて、どこにも瑕疵《かし》がないことに安堵した。一冊ずつ律義に最終ページまで確認するつもりで、美幸は落ちた最後の本を手に取る。

「これも問題なし――え？」

だが、確かめ終え本を閉じようとした時、『それ』が眼に飛び込んできた。

数枚の写真。近頃はデータで遣り取りすることが多いから、こうして紙に焼き付けることは少ないだろう。少しだけ古さを感じるそれには、美幸がよく知る人物が写っていた。見間違うわけがない。何故なら自分も同じ写真を持っている。

バスケットボールの試合中、ユニフォームを着た彼。確かこの試合で大活躍し、余計に女子生徒からの人気に火がついたのだ。

ボールをドリブルしながらゴール下に斬り込んでゆく姿は、今も鮮やかに美幸の脳裏に残っている。

「どうして……」

一緒に挟まれていた別の写真に写るのは、美幸が覚えている容姿よりも若い。制服が違うことから考えると、中学時代だろうか。あどけなさの残る少年は線が細く、高校時代の潑剌としたスポーツマン姿とはまるで違う印象だった。

「……光次?」

何故、彼の写真がこんなところに。隠すようにして玲一郎が持っていたのだろう。

床に座り込んだまま考えても、さっぱり理解できなかった。

――もしかして、昔の玲一郎さん？　ううん。だってこの試合中の写真は私も持っている。ユニフォームは私たちの学校のものだし……じゃあ、二人は友達だった……？　いいえ、年齢が違う。仮に彼らが高校時代に顔見知りなら、私が知っていてもおかしくないじゃない……

まして二人はこんなにも似ている。話題に上らない方が不自然だ。

他人の空似と思い込みかけ、そうそう似ている人間が沢山いて堪るかと否定する。混乱した美幸の頭は、完全に空回りしていた。

最後の一枚には、光次の隣に満面の笑みで写る自分がいる。手を繋ぎ身を寄せ合った姿は、初めての恋に胸を躍らせていた昔の美幸だった。

「何で……私が……？」

「――美幸？」

呼ばれた瞬間、混乱が増した。どちらに呼ばれたのか、咄嗟に分からなかったからだ。よく考えれば光次のはずがないのに、皮肉なくらいよく似ている。怖々振り返った先にいたのは、当然ながら玲一郎だけ。

彼は美幸が手にした写真に眼をやり、明らかに動揺した。

「どこから、それを……」

「……本に……挟まれていて……偶然……勝手に、ごめんなさい……」

途切れ途切れに答え、本当に聞きたいのはお互いこんなことではないと思った。

もしも以前から光次と玲一郎が知り合いだったとしたら、美幸との始まりの夜も、全く別の意味を持ってくる。あの日、自分は何度も玲一郎を光次と呼んだ。

そこから察するものはあったはず。なのに玲一郎は何も言ってくれなかった。その後も同様だ。告げる機会はあったのに、敢えて秘密にする理由が見当たらない。そこに作為を感じるなと言う方が無理だった。

――どうして？　知り合いだったのなら、教えてくれてもよかったじゃない……

彼らに、互いが似ている自覚がなかったとは信じられない。誰がどう見ても、血の繋がりを疑うレベルだからだ。

――血の、繋がり……？

光次は、母子家庭の一人息子だった。そう、彼は美幸に教えてくれた。だから早く一人前になって母親を安心させたいと語る姿は、同級生の他の男子よりも大人びて見えたのだ。

――光次は詳しく話してくれなかったけれど、お父さんは、死別したか離婚したということよね……？

眼前に立つ玲一郎を見上げると、彼は痛みを堪える風情で眉間に皺を寄せていた。近頃は、こういう表情は不機嫌なのではなく、どうすればいいのか判断できずにもどかしく感じているのだと汲み取れるようになっていた。

――以前、玲一郎さんは身体が弱い弟さんがいると言っていなかった？

しかも大人になってからは事情があって、あまり会えないとも。あれはひょっとして、両親が離婚をしたからという意味ではなかったのか。

嫌な汗が背中を伝う。ちらつく可能性に眩暈がした。

「……光次を、知っていたんですか……？　いえ、まさか兄弟なんですか……？　違うって、言ってください……っ、でないと私……」

大好きだった人の兄に、身を任せたことになる。そして玲一郎は、弟の元恋人だと知りながら、美幸を抱いたことになる。

不道徳すぎて頭が痛い。世間には、平気な人もいるだろう。別に法律に反するわけでもない。だが美幸には考えられなかった。

仮に最初の夜に教えてくれていたら、きっとこういう関係にはなっていない。したたかに酔った美幸が理解できたかどうかは怪しいけれど、それでも同じ大切な人を亡くした仲間として、接することができたと思う。

傷を舐め合うことになったとしても、たぶんその方が良かった。

「これ、何か理由があるんですよね？　そうでしょう……？」

震える声を絞り出し、玲一郎を見上げる。どうか納得できる説明をしてほしい。考えすぎだと笑い飛ばしてくれたなら、信じてみせるから――

「――美幸」

低い声で話しかけられ、背筋が強張った。指先が震え、持っていた写真を取り落とす。

三枚の四角い紙は、ヒラリと床に舞い降りた。

「……光次は、五つ年の離れた俺の弟だ。俺は、最初から君があいつの恋人だと知っていた」

「……！」

人は心底ショックを受けると、悲鳴さえ出なくなるものらしい。とっくに想像していたはずの答えなのに、美幸の頭が理解を拒んでいる。これ以上何も聞きたくないと、叫ぶ声が聞こえた。

「……両親が離婚したのは、俺が十二歳、光次が七歳の時だった。うちの親はそれぞれ事業を起こしていたから、多忙だったんだろう。母親の仕事が軌道にのるにつれ、家の中では夫婦喧嘩が増えていった……」

罵り合う両親から、玲一郎は弟を守っていたのだと言う。できるだけ二人の諍《いさか》いを聞かせまいと子供ながらに心を砕いていた。

だがそんな頑張りも虚しく、彼らは別々の道を歩むことを選択した。

玲一郎は父親に。光次は母親と共に。引き離されることが決まった兄弟に選ぶ余地はなかったそうだ。

「……どちらについて行きたいか、聞かれもしなかったな……両親にも色々な事情はあったと思うが、一番可哀想なのは間違いなく光次だった」

引っ越しを余儀なくされ、名字も変わる。当時は小柄で病弱だった少年は、どれだけ傷ついたことだろう。父と母が仲違いするだけでも辛いのに、自分を守ってくれた兄をも奪われてしまったのだから。

「まぁ、あのまま無理に一つ屋根の下で暮らし続けたとしても、きっと上手くはいかなかったな……子供だって馬鹿じゃない。上面だけの家族ごっこなんて簡単に見破れる。その上で『お前のために我慢している』なんて言われた日には、自己嫌悪で荒れても不思議じゃない」

冷静に当時を思い返せる玲一郎の中では、整理がついていることなのだろう。俯いた視線の先には、中学生の光次の写真があった。

「……別々に暮らすようになってからも、俺たちは時折連絡を取った。最初は手紙で。しばらくしてからはメールやＳＮＳで近況を報告し合っていたよ。滅多に会うことはなかったけれど、弟が元気に楽しくやっていてくれるなら、それで充分だった」

転機は光次が高校二年生になった年。玲一郎の中ではいつまでもか弱い弟のイメージがあったのに、いつの間にか身長が伸び、体格も立派になっていた。そんな彼から『ずっと好きだった子と付き合えることになった』と連絡が来たらしい。

「……まさか私のこと……？」

「ああ。メールに画像を添付するだけじゃなく、ご丁寧にわざわざ写真まで送ってきた。あいつの浮かれっぷりが分かるだろう？　……それだけ、君に夢中だったんだ」

頭が痛い。耳鳴りも聞こえ、泣きたくて仕方なかった。溢れ出した涙で視界が滲む。嗚咽を堪えると、押し殺した呻きが喉を通過した。

「でも、結局光次は私ではない別の人を選んだわ。それもきっと玲一郎さんは知っていたんでしょう……っ？　私のことを嘲笑っていたんですか……っ？」

弟に捨てられた惨めな女なら、簡単に遊び相手になると踏んだのだろうか。考えたくもない妄想に、心が食い荒らされた。

連絡を取り合っていたのなら、自分たちが卒業式の日に別れたことを知っていたはずだ。八年も前に振られたくせに、未だ光次に囚われている女は、さぞや滑稽だったことだろう。怒りや屈辱感、悲しみがごちゃ混ぜになる。ただ胸が苦しくて、美幸は思いを吐き出さずにいられなかった。

「兄弟二人で、私を馬鹿にしていたの……っ？」

「それは違う！」

大声で否定した玲一郎が、美幸の前に膝をついた。肩を摑まれ、硬直する。覗き込んでくる瞳は、苛烈でありながら悲しみを湛えていた。

「俺も光次も、一度として美幸を軽んじたことはない」

「見え透いた嘘はやめてください……！　だったらどうして光次は……っ」

「――あいつが口にした別れの理由は真実じゃない。光次はずっと美幸だけを想って誰とも付き合ってはいなかった」

「……え」

頭の中が真っ白になる。

呆然と座り込んでいると、玲一郎が美幸の頬に触れた。

「……君のことが本当に好きだったから、別れを切り出したと言っていた。美幸の夢を、邪魔したくなかったからって――」

そして母親を一人残して地元を離れられなかったことも理由の一つ。そう玲一郎から言われ、『光次らしい』と思ってしまった。

優しい人だったから。どちらも選べなかったし、保証のない約束もできなかったのかもしれない。それを優柔不断と断じる人もいるだろう。だが美幸が惹かれたのは、彼のそんなところでもあった。

「じゃあ……光次は心変わりしたのではなかったの……?」

もしあの時、正直に言ってくれれば。

そうすれば美幸は迷わず遠距離恋愛に頷いた。――いや、もしかしたら、夢を諦めて地元に戻ったかもしれない。全て可能性の話でしかないけれど、あり得た未来に進んでいれば、どうなっていただろう。

別れを口にしたのは、光次の誠意。今更、そんなことを知りたくはなかった。もう何をしたところでやり直しはきかない。この世界には、絶対に取り戻せないものがある。

「……光次の気持ちは、分かりました……納得なんてできないけれど、理解はできる……でも、私は玲一郎さんの気持ちが分かりません」

無意識に床に爪を立て、美幸は落ちかかる髪の隙間から彼を睨みつけた。

かつての恋人の独りよがりな真実も辛いが、受け入れている部分もある。あの頃子供だった自分たちには、選べる選択肢は多くなかった。もがき苦しみながら光次が出した答えなら、もはや何も言うまい。

だが玲一郎は違う。

八年前の残酷な真実を知っていたのなら、何故もっと早く教えてくれなかったのか。伝えてくれていたら、美幸はここまで過去の恋愛を引き摺らなかったと思う。こんなにも苦しんで迷うことはなかった。

「光次の本心を私に隠したのは、その方が都合がよかったからですか……？」

言葉にしながら、具体的に何が玲一郎にとって利益になるのかは、判然としなかった。ただ『裏切られた』不信感が渦巻いている。嘘を吐かれるのは嫌いだ。見下されている証拠だとも思う。本当に大事にしている人が相手なら、こんな大切なことで偽りを述べられるはずがない。

「やっぱり、陰で私を馬鹿にしていたんですね……？」

「美幸、聞いてくれ」

「何も聞きたくありません」

これ以上この場にいたくない。玲一郎と二人きりでいることに耐え切れず、美幸は腰を上げた。ずっと床にへたり込んでいたせいか、脚が痺れている。たたらを踏んだ瞬間こちらに彼の手が伸ばされたが、素早く振り払った。

「——触らないでください……もう、プライベートでお会いすることはありません」

「美幸っ」

バッグ一つを掴み、玲一郎に背中を向けた。耳を塞いで足早に玄関へ向かう。背後から何度も呼び止められたけれど、一度も振り返らなかった。

嘘吐き、という言葉だけが何度も再生され、他には何も考えられない。

飛び出した外は、すっかり夜の帳《とばり》が降りていた。

6　夜明け

駆け去る美幸を追う足に、迷いが出た理由は明白だった。

これまでの玲一郎ならば、すぐさま彼女を捕まえ、有無を言わさず腕の中に囲っただろう。拒絶も懇願も何もかも無視して、己の意思を貫き通したと思う。

できなかったのは、美幸が口にした一言のせいだ。

彼女は『玲一郎さんの気持ちが分かりません』とこちらを詰った。『光次を忘れられない』でも『解放されたい』でもなく、玲一郎の気持ちが見えないから、嫌だと言ったのだ。

そこに、微かでも意味を見つけたいと考えるのは、愚かだろうか。

おそらく、身勝手な妄想を都合よく捏《こ》ね繰り回しているだけかもしれない。あれは言葉の綾で、特に深い意味はなかった可能性が高い。

だが、玲一郎は動けなかった。

美幸の投げつけてきた別れの台詞に衝撃を受け、今までしてきたように強引に繋ぎ止めるのは、心と身体が拒否していた。

仮に今の彼女に『会社にばらす』と脅しをかけても無駄だろう。今更馬鹿げた脅迫をする気はないし、そもそも玲一郎には最初から赤の他人を巻き込むつもりもなかった。

あくまでも口先だけの戒めだったのだ。しかしその鎖は、まんまと美幸に断ち切られてしまった。今、自分の手に残るのは、バラバラになった残骸だけ。いくら手繰り寄せても、彼女は二度と戻ってこない。

玲一郎は深々と嘆息した。

直後、周囲から向けられる視線を感じ、ここが職場であることを思い出す。

あの最悪な日から約二週間。

少しずつ近づいていた美幸との関係は、完全に破綻した。今では仕事上必要な遣り取りを最小限交わすのみ。職場での二人は、見事なくらい『普通の上司と部下』を演じていた。

こんな事態になったのは、自分が悪かったと分かっている。けれど言い訳くらいさせてほしかった。

玲一郎が光次との関係や別れた本当の理由を語らなかったのは、何か疚しい目的があったからではない。まして嘲笑するつもりなど微塵もなかった。

単純に、言えなかっただけだ。それを告げてしまえば、永遠に美幸の心を得ることは叶わないと思った。きっと彼女は余計に光次を忘れられなくなる。そうしていずれは、良心の呵責に耐えかねて玲一郎から離れてゆくだろう。過去の恋に殉じるために。

そういう一途で不器用な人だから。

かつて弟から初めて恋人ができたと聞いた時は、微笑ましく感じただけだった。応援していたし、長続きしてほしいとも願った。

その気持ちに欠片も偽りはない。

写真を見せられた時だって、『真面目そうな子だな』と感じた程度だ。だが何度も繰り返し光次から美幸の話を聞かされ、動画を見せられ、恋する男の視点でいかに彼女が可愛らしいか語られれば、心が引き摺られるのも無理はなかった。

元来、五つの年の差はあっても、自分たち兄弟はよく似ている。特に外見はそっくりだと言われた。

食の好みや趣味嗜好は重ならなかったけれど、何の因果か好ましく思う女性のタイプは同じだったらしい。長く離れて暮らしていたから、知らなかっただけ。弟が異性に何を求め、どこに惹かれるのか——そしてそれが自分とことごとく共通していることを。

自慢げに語られる恋人の話に、痛みを感じるようになったのはいつからか。気まぐれに送られてくる画像を大切に保管したのは、誰にも言えない秘密だった。

恋をする男の眼で写し取った恋人が、魅力的でないはずはない。更に言えば、こちらを見返す彼女は、いつだって愛しさを瞳に湛えていた。

笑顔を向けられているのは玲一郎ではないと分かっていても、勘違いしそうになる。

美幸は知らないだろうが、実は玲一郎は一度だけ彼女の姿を直に眼にしたことがあった。

勿論、話したわけでも視線が絡んだわけでもない。遠くから見かけただけ。

たまたま近くに行く用事があり、光次が出場するバスケットボールの試合を観に行った。

その時、応援席に座る美幸に気がついたのだ。

どちらかと言えば地味な容姿で、大きな声援を送るわけでもなかったが、歓声を上げるどの女生徒たちよりも彼女は目立っていた。輝く笑顔で、真剣に試合に見入っている姿は、とても可愛らしかったから。

完全なる傍観者の自分。

ゴールを決め、チームメイトに称えられた弟が最初に眼をやった方向は、美幸が座る後方の席。軽く手を上げた姿に、女子たちの黄色い声が響き渡った。

けれど光次がアピールしたかったのは、不特定多数の少女たちにではない。たった一人。美幸にだけ向けられた笑顔だったのだ。

あの瞬間、感じたのは紛れもなく嫉妬だった。

言葉を交わしたこともない五つも年下の少女に惹かれている。それも、弟の恋人に。ごまかしきれない真実に玲一郎は試合会場を黙って立ち去ることしかできなかった。

それでも、当時はまだ淡い想いとして封じ込めることはできていたと思う。伝える術も告げるつもりもない恋心。このまま枯れてゆくのを待つつもりだった。

高校を卒業した光次に『おめでとう』のメッセージを送るまでは。

美幸と別れたと告白した弟は、文面から察せられるほど憔悴していた。未練があるのは明白で、むしろ光次の方が振られたのかと思ったくらいだ。けれどよくよく聞き出してみれば、そうではないと分かった。

自分たち兄弟は本当に良く似ている。違うところもあるけれど、重なる点は笑えるくらい共通していた。しかし、心奪われる対象は同じでも、愛し方はまるで違うのだと初めて悟った。

玲一郎なら、いくら相手を慮《おもんぱか》ってもその手を放しはしない。あらゆる方法で繋ぎ止め、共にいられる道を模索するだろう。何なら、親でさえ捨ててしまうかもしれない。

けれど根が優しい光次は違う。どちらも選べないから、結果己が悪者になることで美幸を送り出した。

そんな方法では、誰も幸せになれないのに。

——『でも兄さん。こうすればきっと美幸は一人でも頑張れる。あいつは一途で頑張り屋だから、余計なものに煩わせるべきじゃないんだよ。……俺は邪魔したくないんだ』

それは違う。結局のところ、弟は逃げたのだと思った。

遠距離恋愛の難しさから。保証のない約束を背負うことから。

それともむしろ、彼女の性格ならこんな別れの方が長く引き摺ると分かっていたのだろうか。いきなり突き放され、忘れられない傷になるために――

あのまっすぐな気性の弟が、そんな策略を巡らせるとは思えなかったけれど、玲一郎は疑わずにいられなかった。

もしも二人が普通に別の道を歩むことを決めたのなら、玲一郎は改めて美幸と知り合う方法を探したかもしれない。だが、できなかった。

弟が彼女を想い続ける姿を目の当たりにして、手を伸ばせるほど恥知らずではない。大人として、兄として、諦める以外の選択肢はなかった。

そうして危うい均衡を保ちながら過ごした七年間。母の会社で働き出した光次は、一度も美幸に会いに行こうとはしなかった。薄情なのではなく、それだけ想いが深く強すぎるのだと察してしまう玲一郎に、いったい何が言えただろう。敢えて彼女のその後を耳に入れないこと――それが精いっぱいだった。

不毛であることは、自分が一番よく分かっている。身動きが取れないのは、玲一郎自身も同じ。こんなにも間近で想い人と弟の恋の顛末を見続けることになろうとは。

けれど玲一郎は、光次を通して美幸に恋をした。だから仕方がないのだと自らに言い聞かせ、もどかしい二人がいつかもう一度寄り添える日がくればいいと願っていた。

――とっとと結ばれてくれたらいい。そうすれば完全に諦められる。俺のつけ入る隙などないのだと、思い知らせてくれ。

だが秘かな願いは虚しく砕け散った。

弟が事故で死んだと聞いた時、最初に思い浮かべたのは美幸のこと。彼女に知らせるべきなのか。連絡先も知らないのに、そんなことを考えたのは、心が現実に追いついていなかったからだろう。次に信じられないと感じ、光次がいない喪失感に打ちのめされた。

呆然としたまま玲一郎が葬儀に赴《おもむ》けば、すっかりやつれた母親がいた。

こちらに連絡はなかったけれど、かなり前に病気が見つかり、体調を崩しがちになっていたのだと言う。だからこそ、弟は地元を離れられなかったのだ。

数年振りに会った泣き縋る母親を宥め励まし葬儀を終えた後、玲一郎は光次の遺品を整理した。形見分けとして愛用していた時計を持ち帰り、しばらく何も手につかなかったことは仕方がない。

幼い頃に生き別れ、共に暮らした時間は短く、世間一般の兄弟よりも縁が薄かったけれど、根底の部分で繋がっていたのだと、今更ながら実感した。

その日、大切な弟を亡くした悲しみがじわじわと押し寄せて、母と弟が家を出ていった日以来、玲一郎は初めて涙した。

――知らないままでいてくれるなら、たぶんその方がいい。

愛する人を亡くすのは悲しい。この辛さを、美幸に味わわせたくはない。

今でも美幸が弟を想っているかは分からないし、とうに気持ちに区切りをつけ、新しいパートナーと歩んでいる可能性もあった。だが、わざわざ光次がいなくなってしまったことを、彼女の耳に入れる必要はないと思った。

確信に近い強さで、二人は最後まで想い合っていたと感じたためだ。

だからなのか、偶然あの夜バーで美幸と出会った時、戸惑いと同時にどうしようもなく嬉しくもあった。

彼女は光次を忘れていなかった。それどころか、変わらず想い続けてくれていた。玲一郎が惹かれ、焦がれた一途さでもって。

他の男に囚われたままの女に、改めて恋をするなんてどうかしている。きっと正気の沙汰じゃない。

いわばこれは死者を挟んだ三角関係。自分に勝ち目があるわけもなかった。

それでも——今にも壊れてしまいそうな美幸の手を、振り払うことなどできなかった。

もしも酩酊した彼女に冷静に言い聞かせ、光次がこの世にいないことを理解させたところで、何になっただろう。美幸を絶望に突き落とすだけだ。せめて一夜の夢でも、幸せな幻を見せてやりたかった。

弟と間違われているのなら、彼女の望む声で、姿で、光次の気持ちが変わっていなかったことを、間接的にでも伝えたかったのだ。

——なんて、言い訳だな……

あの夜、そうするのが正しいと思い、実行したのは嘘じゃない。けれど、全てでもなかった。

本音では、どんな形でも美幸を手に入れたかったし、自分に繋ぎ止めたかった。卑怯でも、犯罪まがいでも、手段を選ぶ余裕なんてない。もとより玲一郎は光次とは違う。相手を想って、身を引くなんて発想はなかった。

仮に弟が存命であったのなら、彼女に出会ったとしても接触しなかったと思う。それくらいの理性はまだ残されていた。

大切な二人が傷つく姿など見たくないし、物分かりのいい振りをして、傍観者になる覚悟は持っている。逆にそう願い続ける八年間だったから。

このまま放っておけないと言い訳し、美幸の手を取ったのは玲一郎のエゴイズム。後のことなどろくに考えず、訪れた幸運に縋らずにはいられなかった。

光次の死に癒えることのない痛手を受けたのは、自分もまた同じ。まるで傷を舐め合うような気分だったのかもしれない。

同じ男を胸に描きながら、互いの虚ろを埋め合った。偽物の温もりを交わし、ほんの一時安らぎを分かち合う。そんな愚かしい関係が、上手くいくわけもないのに——

案の定、翌朝玲一郎が目覚めた時、美幸は姿を消していた。昨晩のことは夢だったのではないかと思うほど、あっけなく。唯一の名残は、落ちていた片方のピアス。

どうして今どこで暮らし、働いているのかを彼女から聞き出さなかったのか後悔だけが押し寄せた。せっかくの糸は途切れてしまったのだと思った。

だが、奇跡はもう一度起こる。

翌日から勤めることに決まっていた会社に美幸はいた。それを運命と呼ばず、何と呼ぶのだろう。

もう我慢することも諦めることもしたくない。何もせず苦悩するだけなら、いっそ完膚《かんぷ》なきまでに叩きのめされた方がいい。誰にも遠慮する必要はない。

弟が最後まで大切に守っていた人を汚してでも手に入れる。――それが玲一郎の愛し方だった。

「――課長、チェックしていただいてよろしいですか？」

美幸の友人でもある杉本亜香里に書類を渡され、玲一郎の追想は途切れた。

いけない。また物思いに耽っていたらしい。慌てて表情を引き締め、鷹揚《おうよう》に頷いた。

「ああ、分かった」

「――ところで最近、部内の空気が暗くありませんか？」

いつもならメールや共有ソフトを使ってデータ確認を求めてくる彼女が、何故か印字した書面を手渡ししてきたのは、これを言うのが目的だったらしい。

「そうだろうか？　作業効率は落ちていないが」

「ええ。業績は順調ですね。美幸……羽田さんが大口の契約を纏めてきましたし」

明らかにわざとと分かる口調で彼女の名前を出し、亜香里はチラリと玲一郎を窺ってきた。何かを知っているとも思えないのに、鋭い。勘がいいのか、観察力があるのか……職場の部下としては優秀だが、こういう時は厄介な相手だった。

「でも、羽田さんがああやって仕事漬けの時は、大抵辛いことがあった時なんですよ。課長、何か彼女から聞いていませんか？」

「……前から注意しなければと思っていたが、君は少々お喋りが過ぎるね」

笑顔を張り付けてやんわり牽制《けんせい》すると、亜香里は僅かに眼を細めた。

「――何も知らないなら、仕方ありませんね」

不満そうな表情のまま席に戻る彼女を見送り、玲一郎はひっそり息を吐いた。目敏い相手だ。油断していると、ぼろを出しそうになる。話題に上った美幸は、今は席を外しているのに――

彼女は今日、朝から展示会に行っていた。その前は打ち合わせだ視察だと、あちこち飛び回って、重要な会議でもなければほとんど社内に留まっていない。

必要な報告を怠らず、与えられた仕事は完璧以上にこなしているから、注意もできなかった。

完全に避けられている。強引に話しかけようとしても巧みに逃げられ、メールや電話には一切反応がなかった。それどころか、プライベート用の番号は、着信拒否になっている。美幸の受けた打撃を思えば、これ以上踏み込むのは躊躇われた。彼女の怒りや、玲一郎に対する不信感を払拭するには、時間が必要だと分かっているからだ。

居場所も分からなかった頃とは違う。か細い糸でも、今はまだ繋がっている。それを頼りに、玲一郎は貪欲な己の本性をどうにか宥めすかしていた。

自分の中には獣がいる。大切な人を食い殺しかねないほどの衝動を孕んだ獣が。相手の意思など二の次にして搦め捕り、騙し脅してでも欲する外道だ。

美幸と出会った夜はそいつの声に耳を傾け、道を踏み外した。今度は同じ失敗は犯さない。

けれど一番の問題は、玲一郎があの選択をやり直したいとは、欠片も思っていないことだった。

「——ただいま戻りました」

「お帰り、美幸。展示会どうだった?」

疲れた表情でフロアに入ってきた美幸の姿に、玲一郎は内心動揺した。予定より帰社時間が早い。だが驚いたのは、向こうも同様だったらしい。

今日は本当なら、玲一郎も打ち合わせで出ており、この時間は不在のはずだったのだ。それが先方の都合で急遽変更になっていた。

「……宇崎課長、今戻りました」

「ああ、ご苦労様。——早速報告してもらっていいかな」

「——はい」

表向きはごく普通の遣り取りを交わし、玲一郎は空いている会議室に美幸を誘導した。

室内に入り扉を閉めれば、彼女は無表情のまま持ち帰ったパンフレットや書類を机に並べる。『仕事以外の話をするつもりは一切ない』という無言の意思表示に気圧されそうになったが、玲一郎は静かに切り出した。

「……君が不快に思うのは当然だ。だが、話を聞いてくれないか」

「——このサンプル、私はもっと明るいカラー展開の方がいいと思うのですが、課長はどうですか？」

あくまでも、聞く耳は持たないという姿勢らしい。玲一郎だって、会社内でプライベートな話をするつもりは毛頭なかった。けれど他に方法がない。

声を潜めつつ、机越しに身を乗り出した。

「頼む。一度でいい。時間を作ってくれないか」

「業務上必要なことでしたら、いくらでも」

取り付く島のない答えに、遮られた。

暗い瞳をした美幸は、まるであの夜の彼女だ。光次の死を知ったばかりで動揺し、壊れそうに見えた始まりの夜。触れれば切れそうなほど尖った気配に、これ以上言葉を重ねることは躊躇われた。

「……一つだけ言わせてくれ。俺は、本当に君のことを——」

「やめてください。貴方は私に嘘を吐いていた。——何も、信じられません」

いくら誠実に語り掛けても届かないなら、いっそ力ずくで奪ってしまおうか。玲一郎の内側でぞろりと凶暴な獣が首をもたげる。

——違う。何度同じ失敗を繰り返すつもりだ。

歪んだ思考を、寸でのところで押し留めた。焦りが理性を揺らがせて、いくら自分に言い聞かせても暗い方向に逸れていこうとする。この年になるまでに培ったはずの常識や体面を、かなぐり捨てそうになった。

美幸に伸ばしかけた手を、拳を固めることで戒め、玲一郎は深呼吸する。

「……君に時間が必要なら待つ。それこそ、何年でも。でも俺は光次のように自分から美幸の手を離すことは絶対にない」

「……待っていただいても、変わりません。何も」

刹那、凍りついていた彼女の表情によぎったのは、複雑な色だった。

戸惑いを映した瞳が、微かに振れる。泣き顔の一歩手前で頭を下げた美幸は、素早く踵を返し、会議室を出ていった。

残されたのは、玲一郎独り。静まり返った室内で奥歯を噛み締めた。

だがいつまでも会議室に籠ってはいられない。彼女が置いていった荷物を纏め、数度の深呼吸で気持ちを切り替えた。『宇崎課長』の仮面を被り、何事もなかったかのように業務に戻る。

自分の席に着けば、片付けなければならない仕事が山積みになっていた。

忙しさに没頭できるのは、救いなのかもしれない。玲一郎は解決策の見えない美幸のことを頭から強引に締め出して、眼の前の事案を処理してゆく。そうするうちにあっという間に一日は過ぎていった。

定時を大幅に過ぎ退社した玲一郎がまずしたのは、スマートフォンを確認することだった。今朝も送っておいたメッセージに、返信はない。勿論着信履歴も残っておらず、溜め息を吐いた。

美幸は自分が打ち合わせで席を外している間に帰社し、社内でしか片付けられない仕事を終わらせると、再び外回りに出かけたらしい。しかもそのまま直帰した。

こんなことがこの一週間珍しくない。

おそらく亜香里と連絡を取り合って、玲一郎と会わずに済むよう動いているのだ。それ自体は別に違法でもなく、仕事の成果は上げているのだから、何も言えない。

――いっそのこと、彼女の部屋に行ってみようか。

身勝手な方向へ傾きかける心の天秤を、慌てて平衡に戻す。そんな真似をすれば、美幸が余計に頑なになるのは眼に見えていた。たぶんもう絶対に、玲一郎を許してはくれないだろう。

生真面目で一所懸命だからこそ彼女に惹かれたのに、今は潔癖な一途さがもどかしかった。

それでも、一目だけでも姿が見たい。声を聞きたい。触れたい。――抱きしめたい。

願いはどんどん獰猛になり膨らんでゆく。理性で飼い慣らさなければ、今にも暴れ出しそうだ。

一度はこの腕に美幸を捕らえたからこそ、玲一郎の中の獣は飢えを覚えて御しがたくなっていた。

「……せめて返信してくれ」

願いは虚しく夜の闇に溶けてゆく。ぼんやり歩くうち、駅前に差し掛かり、天を仰ぎかけた時、後方から声をかけられた。

「宇崎課長、今帰りですか？　随分遅いんですね」

「杉本さん」

杉本亜香里――社内で美幸と一番懇意にしている同期。どこかで飲んでいたのか、彼女の頬は微かに赤かった。

「ふふ、会社内にいる時と違って、この世の終わりみたいな顔をしていましたよ。何か悩みがあるんですか？」

「そう見えたかな。いや、ちょっとぼうっとしていただけだ」

鋭い追及を躱し、曖昧に微笑む。大抵の場合はこれで納得し、皆引いてくれる。玲一郎は本心を隠すことに自信があった。

「そうですか……美幸も課長も素直じゃないし、なかなか弱音を吐いてくれないなぁ」

しかしぽつりと漏らされた呟きを、無視するのは難しかった。

「……羽田さんが、どうかしたのか？」

「気になりますか？」

「プライベートに立ち入るつもりはないが、部下に何かあったのなら、普通は気になる」

当たり障りのない返答に、亜香里は「なるほど」とだけ答えた。そのまま一緒に改札を通り、同じホームに辿り着く。どうやら途中まで行き先は同じらしい。

けれどその間沈黙した彼女に、玲一郎は焦れていた。

どういう意味なのか、問い質したい。自分には言えないことでも、友人になら打ち明けているかもしれない。その中に解決の糸口があるなら、是非教えてほしかった。

「――それで、羽田さんと何か話したのか？」

「たいしたことではありません。彼女はわりと秘密主義ですから。あ、悪口ではありませんよ。何でも抱え込みがちな強くて弱い人だという意味です」

――それは充分知っている。

毅然《きぜん》と前を向きながら、危うさも秘めていた美幸。そんなところにも惹かれた。純粋さが眩しくて、同時に守ってやりたい脆さも感じたからだ。

「私は別に何でもかんでも話す間柄が友達の定義とは思っていませんし。勿論、彼女が助けを求めてきたら、全力で力を貸しますけど。――例えば羽田さんと付き合っている相手が、彼女を苦しめるだけの人に成り下がったら、何としてでも排除します」

じっとこちらに注がれる双眸は、ある程度の確信を孕んでいた。

試されているのだと悟る。

後ろめたさから視線を逸らしそうになったが、玲一郎は亜香里の非難の込められた眼差しを正面から受け止めた。

いくら耳が痛くても逃げてはいけない。ここで怯《ひる》めば、おそらく美幸本人と対峙などできるわけもなかった。どんな罵りでも受け入れる――そう決意し、静かに向かい合う。時間にして、たった数秒。けれど永遠にも感じられる張り詰めた空気だった。

「──私も、彼女を苦しめる者が許せない。羽田さんには、誰よりも幸せになってほしいと願っている」

電車の到着を知らせるアナウンスに玲一郎の声は掻き消された。

絡んだ視線を先に解いたのは、瞬きもせずこちらを見つめていた亜香里の方。

「……宇崎課長。私、実は友達がとても少ないんですよ。正直大人になってから親しくなれたのは、羽田さんくらいです」

「……？　そうなのか？　杉本さんは明るく頭の回転も速いから、交友関係が広いのだと思っていた」

突然何の話なのか疑問に思ったが、茶化す空気ではないことはよく分かった。視線を下に向けたまま、亜香里の口の端は弧を描いている。

「私、思ったことをそのまま口にしてしまうことが多いし、相手が隠しておきたいことを、無意識に観察して暴いてしまうことがあるんです。まぁいわゆる、『空気が読めない』ってやつですかね。だから結構嫌われていました。でも羽田さん──美幸は、『そこが貴女のいいところだし仮に欠点だとしても、自分で何とか改善しようと思っているなら、すごいことだと思う。人はなかなか自己を冷静に顧みられないでしょう？』と言ってくれました。──嬉しかったなぁ……」

ホームに入ってきた電車のライトが、亜香里の横顔を鮮やかに照らし出した。

普段、どちらかと言えば快活な印象のある彼女の、他人には見せない表情。玲一郎が言葉を失っていると、亜香里が改めて顔を上げた。

「美幸は、人のいいところを探し出す天才なんです。それに、きちんと相手を見ている。万が一怒らせてしまったとしても、心を込めて話し合えば、分かってくれない人じゃありません」

告げられた言葉に無言になってしまったのは、咄嗟に反応できなかったからだ。

お前に何が分かると反発心が膨らむ。だが同時に、痛いところを突かれたとも思った。

自分は美幸に話を聞いてくれと言いながら、伝える努力を怠っていたのではないか。相手に求めるばかりで、本当の胸の内を晒したとはとても言えない。

決定的に彼女を失うのが恐ろしくて、逃げ道を探していた。それでは、光次と同じだ。

「――乗らないんですか？　宇崎課長」

「あ、ああ。……次の電車を待つ」

到着した電車に乗り込んだ亜香里が「そうですか。ではお先に失礼します」と微笑んだ。

先ほどより刺々しさのなくなった彼女と玲一郎を隔てるように、扉が閉まる。

動き出した電車を見送って、玲一郎は嘆息した。

こんなにも、行動することを怖いと感じたことはない。何度も美幸から拒絶されるうちいつしか臆病になり、脚が竦んでしまっていた。聞こえのいい言い訳を建前にしていたのだと気がつく。

——それでも、簡単に踏み出せるくらいなら。苦労はしない。

これ以上彼女に嫌われたくはない。シンプルすぎる思いで、雁字搦めになっている。願いは美幸を得ることだけなのに、それがあまりにも難しい。

「……死んだ弟を挟んで、三角関係になるとはな……」

その時、何気なくジャケットのポケットに手をやり、今日持っているハンカチが以前美幸に貸したものだと気がついた。フードフェスタで渡し、その後洗濯しきっちりアイロンを当てたものを返されたのだ。

律義な彼女らしい。いくら激昂していても、そういうところは変わらない。だがここで玲一郎ははたと気がついた。

——美幸の性格なら、ハンカチだけではなく、ピアスや帽子を突き返してきてもおかしくないんじゃないか……?

けれど彼女はハンカチだけを自分に返した。その意味は?

ドクリと心臓が大きく脈打つ。

見たい幻を勝手に投影しているだけかもしれない。けれど、たった一枚の布が希望を繋いでくれた気がした。

会いたい。会えない。

迷路に迷い込み立ち竦んでいる。だが一つだけはっきり言えることは――

「……ごめんな、光次。どんな事情があっても、一度手を離したお前には美幸は絶対に渡さない」

今ならまだ間に合う。

生きているのは玲一郎。逝ってしまった弟に彼女を求める資格はない。これ以上、心を支配し続ける権利も。永遠に会えなくなってから後悔しても遅い。だったら、行動しよう。迷った時こそ動く――それが自分の生き方だから。

玲一郎は決意を固め、反対側のホームにやってきた電車に飛び乗った。


美幸の住むマンションに到着したのは十一時近くになっていた。

事前にしておいたメールや電話には、相変わらず何の反応もない。もう寝てしまった可能性もあるが、どうしてもこのまま帰る気にはなれず、玲一郎は遅い時間に申し訳ないと反省しつつ、チャイムを鳴らした。

待つこと数秒。反応はない。仮にまだ起きていたとしても、こんな時間の来訪者は一人暮らしの女性にとって恐ろしいだろう。勢いで押しかけてしまったけれど、ようやく思い至る。

だが立ち去りがたく、玄関扉の前で立ち尽くしていた。

――まるでストーカーだな……

未練たらしく付きまとう男と、どこが違うのだと自嘲する。相手の迷惑も顧みず、空回りする自分が滑稽だった。冷静さなど、美幸の前では何の役にも立たない。いとも容易く壊されてしまうからだ。

扉に手をついて項垂れた玲一郎は、どこか腰を落ち着けられる場所に移動すべきか思案した。自分のマンションに帰るという選択肢はない。幸い明日は休みなのだし、このまま夜明けまで待っても構わないではないか。近隣住民に、不審者扱いされる可能性はあるけれど。

やはりどうしても今夜会いたい。会わなければいけない気がする。

――ああ、俺はどこまでも貪欲で自分勝手だな……

いつも美幸に押しつけてばかり。一度タガが外れると、どこまでも暴走してしまう。それを知っていたからこそ、光次がいる頃は絶対に彼女に接触しようなんて思わなかった。

「……美幸……すまない……」

「玲一郎さん……？」

予想外の方向から声が聞こえ、玲一郎は弾かれたように振り返った。

想いが募りすぎて幻聴が聞こえたのかと思ったが、違う。マンションの共有廊下、エレベーターから降りたばかりの美幸がそこに立っていた。

「え？　どうして……」

「こんな時間に何をしていたんだ……っ？」

動揺のあまり飛び出した台詞は、陳腐なもの。玲一郎には責める資格もないのに、安堵や混乱が勝手に叫んでいた。

格好から考えて、彼女は一度会社から戻り、また改めて外出していたらしい。

瞬間的に、『誰と』と問い詰めたくなる。しかし激情に駆られそうになった玲一郎を冷静にしてくれたのは、美幸が被っている帽子だった。

フードフェスタに行ったあの日、自分が彼女に贈ったもの。楽しかった思い出が胸によみがえり、苦しくなる。

言いたいことは沢山あり、きちんと頭の中で整理してきたが、いざとなると言葉にならない。ただ二人、見つめ合ったまま時間ばかりが過ぎていった。

「——ここではご近所の迷惑になります……」

「だったら、場所を移動しないか」

先に沈黙を破ったのは美幸。帰ってくれと言われるのを恐れ、玲一郎は被せるように提案した。

「頼む。話を――」

「……中に入ってください」

「え」

まさか部屋に上げてくれるとは思わなかった。鍵を開けた彼女が、小さな玄関で靴を脱ぐ。もし気が変わられたら堪らない。玲一郎は慌てて美幸を追いかけた。

「美幸、信じてもらえないかもしれないけれど、俺たちが出会ったのは本当に偶然だ。その後の再会も、仕組んだものなんかじゃ、絶対にない」

「……とりあえず座ってください。今、コーヒーを淹れます」

そんなもの、飲みたい気分ではなかった。だからキッチンに向かう彼女の手首を摑み、引き留める。

「……俺はずっと、光次に嫉妬していた。あいつの恋人である君に、恋をしてしまったから。話したこともないくせに、約九年間も片想いし続けてきたんだ」

「え……」

真剣に告げれば、やっと美幸の焦点が玲一郎に合う。陰っていた眼差しに揺らぎがよぎった。

「こんなこと急に言われても、気持ちが悪いよな……だが事実だ。光次の気持ちを知っていたから、踏み出すことはできなかった。それが偶然君と出会えて……気持ちを抑えられなくなった。しかもあの夜の美幸はボロボロで、放っておいたらこのまま死んでしまうかもしれないと思ったんだ……」

急いで繋ぎ止めなければ、消えてしまいそうな儚さを思い出し、震えが走る。しかもこの想いには、玲一郎の身勝手なエゴイズムや独占欲も絡んでいるから、質が悪い。

けれど隠したかったそれらを、洗いざらいぶちまけた。

嘘を嫌う潔癖な彼女に、取り繕った言い訳はきっと届かない。みっともなくても卑怯でも、全て話して審判を仰ぐより他になかった。

「美幸が好きだったから……どうしようもなく惹かれていたから、真実をなかなか口にできなかった。本当にすまない。許してほしいとは言えない。だが挽回するチャンスをくれ」

縋るように懇願すれば、彼女が静かに瞬く。しばらくの静寂の後、震える唇が蠢いた。

「……嫌だと言ったら、諦めるんですか？　貴方は、光次のように自分から私の手を離すことは絶対にないと言ったのに？」

「それは……君の意思を尊重すべきなのは分かっている。でも俺は美幸にどれだけ嫌がられても、諦められない。しつこく何度でもこうして頼み込むと思う。何年でも通って、二人が共にいられる未来を探したい」

逃がしたくない思いが募り、彼女の手首を摑んでいた手に力が籠る。美幸が僅かに苦痛の表情を浮かべ、慌てて放した。

「すまない……」

「……私、光次が別れを切り出した理由を玲一郎さんから聞いて、ショックでした。あの頃きちんと言ってくれていたら、別の未来があったのに――って……でも貴方の部屋を飛び出して時間が経つにつれ、段々と腹が立ってきたんです」

クッションに腰を下ろした彼女につられ、玲一郎も床に座った。近い高さになった目線がしっかり絡み合う。

「私は結局、それだけの存在だったんだなぁと……想ってくれたことは理解しているつもりです。でもあの人は私の気持ちを慮ってくれたわけじゃない。私は、どんな理由があったとしても好きな人と一緒にいられる方法を見つけたかった。そういう努力を、したかったんです」

「美幸……？」

「私は、簡単に諦めてなんてほしくなかった。まだ子供だった私たちには難しすぎたなら、数年後でも良かったんです。大人になってからやり直すこともできたはず。だけど光次は……約束さえくれなかった。私は無責任な口約束でも、欲しくて堪らなかったんですけどね」

年齢故の臆病さと、優しさからのすれ違いが招いた悲劇。互いを想い合い、そして同年代よりも少しばかり成熟していたせいで、無鉄砲な行動も起こせなかった。たぶん、誰が悪いということではない。

どちらも、同じくらい誠実で卑怯だった。

「けれど数日経つうちに、光次よりも玲一郎さんに腹が立ち始めました。連絡はメールと電話をしてくるのみ。話しかけてきたと思えば、距離を感じるもので……本当は私のことを面倒に感じて、別れを切り出すタイミングを探しているのかと思いました」

「それは違う……！」

「ええ。先日、会議室で言ってくれましたよね。『光次のように自分から美幸の手を離すことは絶対にない』って。あれからずっと……色々考えていました」

そこで言葉を区切った美幸は、被っていた帽子に手を伸ばした。

「……っ」

帽子を取ったことで、彼女の毛先が舞い落ちる。肩口でバッサリと切られ、短くなった髪が。

「美幸……それ……」

「今日帰宅してから、どうしても髪を切りたくなって、当日予約を入れられるところを探したんです。おかげで、こんな時間になってしまいました」

長く伸ばした髪は、光次への想いの証だったはずだ。それくらいのことは玲一郎だって分かっていた。切るつもりはないと、強く言い切っていた彼女。

だが今眼の前にいる美幸は、清々しい笑みを浮かべている。

「ずっと伸ばしていたので、頭が軽くて変な感じです。似合いますか？」

「えっ、あ、ああ。よく似合う……」

高校時代の美幸には長いストレートの黒髪が似合っていた。けれど今の彼女には軽やかなこの髪型の方がしっくりしている。以前玲一郎が言った通り——

「玲一郎さんがこの方がいいと言ったので、試しに切ってみました。お気に召したのなら、安心しました」

「……俺の、ために……？」

自惚れ塗れの台詞は、口にしてから恥ずかしくなる。下手なことを言って美幸を不快にさせたくはなく、玲一郎は慌てて頭を振った。

「悪い。そんなわけないよな」

「……私は案外、大切な人の趣味に合わせたくなる性質らしいです。全てを変えることはできませんが、髪型くらいは好きな人の意向に沿いたいじゃないですか」

その意味が脳に浸透してくるまで、どれだけ時間がかかっただろう。何度も無為に瞬いて、じっくり噛み締めた。理解が追いついてくる前に、胸が高鳴り出す。苦しいほど暴れる心臓を宥める術などどこにもなかった。

「――美幸」

「いつからか、玲一郎さんと光次を比べることは減っていきました。同時に、彼を思い出す頻度も少なくなっていったんです。それより貴方のことを考える時間が増えていきました……気がつくまでには、随分色々回り道をしてしまいましたけど」

「……本当に?」

「私、嘘は大嫌いなんですよ」

知っている。だからこそ、自爆覚悟で何もかも打ち明けた。自分の中にある、弱く脆い部分さえ。

「俺は、君に触れてもいいのか?」

「今更です。あんなに強引に触れてきたくせに」

苦笑しながら、美幸は自らの両手を広げてくれた。これ以上我慢できず、玲一郎は彼女を腕に抱きしめる。胸いっぱいに美幸の香りを吸い込み、小さく笑った。

「……美容院帰りのせいか、いつもと香りが違う」

「匂いなんて嗅がないでください。恥ずかしいじゃないですか……」

「でも、美幸の香りだ」

細身の身体をすっぽり包み込み、こみ上げてくる愛しさが涙に変わる。泣き顔など見られたくないから、余計に強く抱き竦めた。

「ちょっとだけ、苦しいです……」

「ごめん。でも放したくない」

彼女の首筋に顔を埋めた玲一郎の背中を、美幸がポンポンと叩いてくれた。それが了承の証のようで嬉しい。声にしなくても、何かが通じ合っている。擽ったい感慨で、幸福感が増幅した。

「玲一郎さんは私よりずっと余裕のある大人の男性だと思っていましたが、結構違う面もあるのですね」

「……君限定で、調子が狂うんだ」

指を差し入れた彼女の髪は、極上の触り心地だった。サラサラと指先を遊ばせ、陶然とする。長い髪も嫌いではなかったが、やはりこちらの方が一際似合っていた。

「……それは、とても嬉しい、です」

照れを帯びた声を合図に、どちらからともなく唇を重ねた。触れ合うだけだったキスは、すぐに深いものへ変わる。互いを抱きしめる腕にも、一層切実さが加わった。

「……抱いてもいいか？」

「いいですよ。……ふふ、何だかおかしい。こういう玲一郎さんは新鮮です」

「もう美幸から、何も奪いたくない。だから与えてくれないか。君の身体だけじゃなく、心と未来が欲しい」

美幸の双眸が戸惑いに揺れた。口にして、まるでプロポーズだと思う。指輪も花束も用意していないけれど、そう思われて構わなかった。むしろ軽く受け止めてもらいたくない。結婚前提――そういうつもりで希《こいねが》っていたから。

「……玲一郎さん、そんなに私が好きですか？」

「ああ。美幸がいないと、生きていかれない」

「昔の思い出を、美化しているのではなくて？」

「それだけで九年も拗らせたりしない。出会ってからは、君の為人《ひととなり》を知って、ますます惹かれていった」

真摯に告げれば、美幸の目尻から涙がこぼれた。

「……私でいいんですか？」

「君以外、誰も眼に入らない」

彼女の頬を伝う滴を吸い取って、口づけを交わした。涙の味がするキスは、これまで何度もしてきたものだ。けれど今夜ほど甘く感じたことはなかった。

「喜んで、全部玲一郎さんに差し上げます」

歓喜が弾け、その場に美幸を押し倒していた。ベッドまで、彼女を運ぶ余裕もない。夢中でキスを繰り返しながら、互いの服を脱がせ合った。

「……あの、ここは玲一郎さんのマンションほど防音がしっかりしていないから……」

恥ずかしそうに呟く美幸に、言いたいことを悟る。思えば、この部屋で彼女を抱くのは初めてだ。そう思い至ると、尚更気持ちが急いた。

「……浴室に行こうか。あちらの方が音が外に漏れないと思う。美幸についた、美容院の匂いも消したいし」

「え……この香り、嫌いですか？　今夜はもう頭を洗わないで済むよう、せっかく仕上げのワックスはつけないでもらったのに……」

「嫌ではないが、いつもの美幸の匂いを思い切り嗅ぎたい。——好きな女から知らない香りが漂ってくると、落ち着かない心地になるんだ」

狭量な自分は、匂いにまで嫉妬していた。せっかくこの腕に取り戻した美幸から、『別の誰か』の存在が漂ってくることが気に入らない。仮にそれが、仕事として接した美容師であっても。

「……今日君の髪を切ったのは、男じゃないよな……？」

「女性でしたけど？」

キョトンとした顔で首を傾げる美幸は、玲一郎のどす黒い妬心など、考えつきもしないのだろう。そういう無垢《むく》な純粋さが眩しい。同時に汚してやりたい劣情にも駆られた。

「……っきゃ……」

互いに裸のまま彼女を横抱きにして立ち上がり、浴室を目指す。一度泊めてもらったので、場所は覚えていた。狭い廊下や入り口は身体を横にすることで擦り抜け、洗面所に到着する。名残惜しい気持ちで美幸を一度下ろし、玲一郎はシャワーの温度を調節した。

「そのままじゃ寒いだろう。おいで」

この期に及んで一緒に入浴することは抵抗があるのか、彼女はもじもじと恥じらいながら視線を泳がせていた。だが、とっくに服は脱いでしまい、部屋に置いて来ている。冷えた身体を温めるためにも、意を決したらしい。

「……分かりました。でもあまり、見ないでください」

「無茶を言う」

小さく笑えば、美幸は真っ赤になりながらこちらへ咎める視線を向けてきた。そういう勝気なところも可愛い。

「洗ってやる」

「いえ、自分で……！」

有無を言わさずシャワーを浴びせ、彼女の髪を丁寧に洗った。指通りのいいまっすぐな髪は、美幸の性質を表しているかのようだ。

トリートメントまで念入りに済ませ、すぐに泡立てたボディーソープを彼女の肌に塗りたくれば、面白いほどビクリと全身を強張らせた。

何か文句を言いたそうにしながらも、潤んだ瞳を瞬き逃げようとはしない。羞恥に耐える風情は、いやが上にも玲一郎の劣情を刺激した。

「……そんな顔をされたら、誘われているのかと勘違いしそうになる……」

「え、違っ……」

「ああ、だから、俺以外には絶対見せないでくれ」

きっとどんな男でも惑わされてしまう。一度彼女の魅力に気がついてしまったら、心奪われずにはいられないに決まっていた。

「……玲一郎さんにだけ、です。私の……自分も知らなかった一面を引き出すのも、そういう点を見せてもいいと思うのも、貴方だけだから……」

これ以上ない煽り文句に、辛うじて残っていた自制心は焼き切れた。

泡塗れの身体のまま、強く抱き合う。滑る肌が、興奮を掻き立てた。

「こ、今度は私が玲一郎さんを洗います」

仕返しとばかりに美幸がボディーソープを泡立てる。そんなに必要ないのでは？　と疑問に思うほど何度もポンプを押していることから、緊張していることは明白だった。

愛おしさがはち切れそうでクラクラする。もっと恥じらう姿を見たくなってしまうのは、我ながら嗜虐的な一面があるのかもしれない。

「だったら、君の身体で洗ってほしい」

「私の……？」

本当に意味が分からないらしい彼女の手を引き、腰を下ろした。裸体を密着させ、泡のぬめりを借りて淫らに上半身を擦りつける。すると、いつもとは違う感覚が肌を滑っていった。

「……っぁ」

「こうして一緒に」

「は、恥ずかしい……」

今や顔だけでなく全身を朱に染めた美幸が、泡塗れの両手をさまよわせた。けれど最終的には玲一郎の背中に腕を伸ばす。

男の硬い肌に潰された女の乳房が柔らかに形を変える。その頂が硬く芯を持っているのは、まだ直接触れていなくても分かった。

弾む息が、浴室内に淫靡に響き渡る。熱いほど昂った身体は、寒さなど微塵も感じなかった。

舌を絡ませる卑猥なキスに没頭し、官能的に絡み合う。淫靡なダンスを踊り終える頃には、二人とも肩で息をしていた。

「……玲一郎さん……っ」

頭上から降り注ぐシャワーを浴び、泡が流れ落ちて火照った肌が露になる。溺れるような心地で唇を求め、玲一郎は美幸を壁に押しつけた。

「んっ……」

彼女の片脚を持ち上げ、その前にしゃがみ込んで蜜口に指を這わせた。すっかり熟れた花弁は、湯ではない透明の滴を滲ませている。綻びかけた陰唇を開けば、美幸が濡れた瞳でこちらを見返してきた。

「だ、駄目……」

力のない拒否は、彼女の不器用なおねだりに等しい。事実、指の腹で淫芽を突いてやると、如実に快楽の声を上げた。

「ん、ぁあっ……」

持ち上げた左脚の爪先が、愛らしく丸まる。声を出すまいとして自ら口を塞いでいるところも可愛くて堪らない。そんな仕草が、男の劣情に火を注ぐとは考えもつかないのだろう。

「んっ、んん……っ」

慎ましい花芽を重点的に苛めていると、美幸の太腿が小刻みに痙攣し始めた。切れ切れに発する声も、切羽詰まったものになる。玲一郎は、より濃厚に肉芽を転がし、擦り、押し潰した。

「ふ、ぁあ……っ」

やがて耐えられなくなった彼女が背筋を戦慄かせた。ひくつく身体を支え、美幸の呼吸が整うのを待つ。弱々しく玲一郎の首に縋りつこうとする仕草が、余計に美幸を欲する気持ちを膨れ上がらせた。

だがここで、はたと思い出す。

今日は、避妊具を持っていない。今夜は突然の思い付きで行動したから、そんなことは頭から抜け落ちていた。

「……玲一郎さん……？」

固まった自分を不思議に思ったのか、乱れた息の下から彼女が名前を呼んだ。

最悪だ。けれど一時の勢いで美幸を困らせるわけにはいかない。

「……その、今夜は最後までできない」

「えっ？」

心底驚いたといった風情で、美幸が眼を見開いていた。それはそうだろう。玲一郎がその気になっているのは、見れば明らかだ。つい一瞬前まで情熱的に抱き合っていたのに、意味が分からなくて当然だった。

「……避妊具が、ない。だから――」

「……玲一郎さんは、子供はいらないという考えですか？」

情けないのと無念さとで落ち込みそうになっていると、彼女が静かに問いかけてくる。

まっすぐ注がれる眼差しは、真剣な色を宿していた。

「そんなことはない。美幸との子供なら、何人でも欲しい。だが、君の予定や考えがあるだろう。それを無視することはできない」

これは愛し合う大切な行為だから、独りよがりなことはできなかった。万が一の時は責任を取るつもりがあるし、喜んでそうする。けれど一方だけの意見を押しつけてはいけないことだと重々分かっていた。

「……だったら、このましてください……」

消え入りそうな声で美幸が囁く。震える肩は儚く、眩暈がするほど妖艶だった。

「さっき、未来も欲しいと言ってくれましたよね……？　あれは、そういう意味じゃなかったんですか……？」

「勿論、結婚してほしいという意味だ」

きっぱり告げれば、彼女は花が綻ぶように微笑んだ。

「それなら、私はこのまま玲一郎さんが欲しいです……」

物慣れない誘惑に、ここまで掻き立てられるとは思わなかった。頭が沸騰しすぎて、理性など何の役にも立たなくなる。ひどく喉が渇き、玲一郎は美幸の唇を奪っていた。

「……悪い。もう我慢できない……」

「私も……ぁ、あぁッ」

か細い同意に、彼女の隘路を一息に穿った。

お互い浴室の床に座り込み、美幸の背中を壁に預け向かい合って繋がる。不安定に滑る場所なので、激しく動けないことが一層興奮を高めた。

もしも欲望のまま突き上げれば、彼女の頭が壁にぶつかりかねない。滾る息を吐き出して、不自由な体勢のままゆっくり身体を揺らした。

「……ぁ、あ……ぁッ」

「美幸……っ」

それなのに、蕩けそうになるほど気持ちがいい。何物にも隔たれず、更に心が通じ合った喜びで、何もかもがこれまでの比ではなかった。もどかしいはずなのに、眼が合っただけで脳が痺れる。密着した肌は、溶けてしまわないのが不思議だった。

緩やかに美幸の蜜洞を穿ち、温かさと居心地の良さを味わう。いっそこのまま時が止まればいいと願うほどの一体感だった。

控えめに喘ぐ彼女も快楽を得ているのか、艶めかしく眉間に皺を寄せている。「玲一郎さん」と繰り返し名を呼ぶ唇は、食べてしまいたいほど熟しきっていた。

「は……ぁ、んっ……ぁ、あ」

ぱちゅんぱちゅんと水音が奏でられ、狭い空間を埋めてゆく。蒸気の漂う中、自らも発熱しているようだった。

美幸の腰を引き寄せ、繋がりを深くする。けれどすぐに物足りなくなって、玲一郎は胡坐をかいた自らの上に彼女を抱き上げた。

「あっ……」

「この体勢だと君の顔がよく見えるから、俺は一番好きみたいだ。それに美幸も、いい反応をしてくれる」

「……なっ」

思い当たる節があるのか、美幸は絶句したまま唇を引き結んだ。羞恥に塗れた瞳を伏せ、どうにか呼吸を整えようとしている。だが無駄な足掻きだった。

「ふ、ぁ、あんっ」

彼女の尻を片手で摑み、律動を再開する。先ほどより自由に動けるようになった分、大胆に腰を振った。美幸の隘路が蠕動し、玲一郎の楔を締めつける。蠢く内壁に咀嚼《そしやく》され、せり上がる快楽に吐精を促された。

「ぁ、アッ、や、激しっ……ぁああっ」

眼の前で揺れる乳房に舌を這わせれば、如実に蜜路がざわめく。湧き上がる射精感をどうにか息を止めてやり過ごし、玲一郎は彼女の内側を堪能した。

僅かでも油断すればこちらが先に達してしまう。それほど、初めて知る美幸の内側は素晴らしかった。愛しい女と直接交わる恍惚に、今すぐ彼女の一番深い部分へ精を放ちたい衝動に駆られる。けれど同じだけ、もっと長く美幸の中にいたいと願った。

終わらせてしまうのが勿体ない。味わうには時間が足りなさすぎる。渇望が際限なく膨らんで、愉悦を助長した。

「ぁああっ……も、駄目っ……玲一郎さん、イかせてぇ……ッ」

その一言で、ギリギリ堪えていたものが決壊した。

甘く淫らなおねだりに、逆らえるわけがない。簡単に陥落し、玲一郎は鋭く腰を突き上げた。

屹立の先端で、彼女の最奥を抉じ開ける。そこは子供を孕む、神聖な場所。収縮する蜜窟が、痛いほど玲一郎の剛直を食い締めた。

「あ……ぁああっ……」

「美幸っ……」

世界が、極彩色に染まる。鮮やかな快感に、魂が持っていかれそうになった。心から愛する女性の内側に、生まれて初めて白濁を注いだ圧倒的な満足感は、筆舌に尽くしがたい。

いつまでも去ってくれない快楽の中、二人は強く抱き合って余韻の海を漂い続けた。

エピローグ

「玲一郎さんのご実家が、こんな大変なところだなんて、知りませんでした……」

美幸は、都内の一等地に建つ恐ろしいほど大きな家を見上げていた。

というか、この位置からでは塀の終わりが見えない。どこからどこまでが宇崎家の敷地なのだろう。

こんな地価の高い場所に、『ドドーン』という形容がぴったりな民家があるなんて、知らなかった。これまでの人生で足を踏み入れたこともないエリアだからだ。『昔ながらのお金持ちが住む高級住宅地』としては認識していたけれども……

——こんな家……現実に存在していたのね……

あまりの様相に足が竦む。一応恥ずかしくない格好をしてきたつもりだが、明らかに場違いだと思った。釣り合っているのは、今耳にしている彼が贈ってくれたダイヤのピアスだけだ。

「大変？　生まれた時からここに住んでいたから美幸の言っていることはよく分からないが……俺の両親は二人とも事業をやっていることは言っておいたよな？」

「だからって、株式会社ＵＺ《ユーゼット》ジャパンの御曹司だなんて、思いもしませんよ……っ」

寝耳に水とはこのこと。

玲一郎は、大手アパレル企業の一人息子だったらしい。修業と称し、自力でどこまで頑張れるか試す過程で美幸の会社に転職してきたそうだ。――気が遠くなる。

「父はまだまだ元気だし、俺が跡を継ぐとは決まっていない。もっと相応しい能力のある者がいれば、しゃしゃり出ず、譲るつもりだ」

「……お義母様の方はどうされるんですか……っ」

ゆくゆくは光次が継ぐはずだったのは、二人の産みの母が立ち上げた会社だ。そちらも年商十億に届く化粧品を扱う企業らしい。手元に引き取った息子を亡くした彼女は、何かにつけ玲一郎に引き継いでほしいと匂わせていた。

先日二人で挨拶に伺った時も、遠回しながら打診されたのだ。しかも彼が駄目なら、妻になる美幸は興味がないかと言われ、慌ててはぐらかした経緯があった。

「いや、俺には女性の化粧品関係は専門外すぎて無理だろう。まぁ、未知の世界に飛び込んでチャレンジするのも面白そうだが……」

やぶさかではない彼の言い方に、美幸は意識を手放しかけた。つまりどちらにしても玲一郎は『庶民』からほど遠いのだ。

「わ、私……」

「今更、プロポーズに頷いたことを撤回はさせない」

尻込みしたのを見抜かれたらしく、彼は美幸の腰をがっちり抱いてきた。

「仮に逃げても、俺はどこまでも追いかける」

一見さわやかな笑顔で言い放たれ、美幸の口の端に引き攣った笑いが浮かんだ。逃げられる気がしない。冗談ではなく、本気で搦め捕られた心地がした。

そもそも、父親ではなく長年会っていなかったらしい母親を先に紹介されたことも、よく考えれば不思議だったのだ。今思えばあれは、先に義母の暮らし向きや会社のことを打ち明けて耐性をつけ、今日に挑むつもりだったのだろう。会社の規模で比べれば、義父の営む株式会社UZジャパンの方が数段大きい。

近代的で大きな門扉が開くと、長いポーチの奥に威風堂々たる家が聳《そび》え立っている。何台車を停められるのかも想像できない巨大な車庫も恐ろしかったけれど、現実味のない光景に、美幸はすっかり委縮してしまった。

「わ、私、玲一郎さんのお義父様に追い返されたりしませんか……?」

うちの嫁には相応しくないと怒鳴られたらどうしよう。それでも、きっと自分は彼と別れられない。万が一強硬に反対されたら、おそらく玲一郎は父親よりも自分を選ぶのではないか——そんな真似は、させたくなかった。

「大丈夫。むしろ早く連れてこいとせっつかれていたんだ。父は本当は娘が欲しかったから、浮かれているんだよ。——光次を亡くして、あの人も落ち込んでいたから、余計に新しい家族が待ち遠しいんだと思う」

繋いだ手から勇気と温もりが分け与えられた。穏やかな笑みに促され、背筋を伸ばす。

この人となら、きっと一生同じ方向を見て生きていかれる。

美幸は人生を共に歩む相手と、一歩を踏み出した。

あとがき

こんにちは、山野辺《やまのべ》りりと申します。

オパール文庫さんでは三冊目の作品を出していただけました（内二冊はブラックオパールさんです）。

今回は、死者との三角関係の焦れ焦れを書かせていただきました。

官能シーンを多めに入れたのですが、必然性のないシーンは書いていて（私が）楽しくないので、どうすればそういう展開に持ち込めるかを毎回必死に考えます。

たぶん私、男性より女子を口説くのが上手いと思います（え）。

戯言はともかく。

イラストはなま様が描いてくださいました。ゴージャスで背徳感溢れる表紙に、私がメロメロです。口説かれて堕ちた気分です。ありがとうございました。

編集様、この本の完成までに携わってくださった全ての方々、本当に心より感謝申し上げます。皆様のおかげで形にすることができました。

何よりここまで読んでくださったあなたへ。

またどこかでお会いできることを願っています。ありがとうございました！

山野辺りり先生の書かれる
魅力的なキャラクターを描くことができ、
私もとても楽しく制作させて頂きました…！
素敵なお話に携わらせてくださり
ありがとうございました～！
なま

Black Opal

身《み》代《が》わりの執《しゅう》愛《あい》

オパール文庫ブラックオパールをお買い上げいただき、
ありがとうございます。この作品を読んでのご意見·ご感想を
お待ちしております。

ファンレターの宛先
〒102-0072　東京都千代田区飯田橋3-3-1
プランタン出版　オパール文庫編集部気付
山野辺りり先生係／なま先生係

オパール文庫＆ティアラ文庫Webサイト『L'ecrin《レクラン》』
http://www.l-ecrin.jp/

著　者――**山野辺りり**(やまのべ りり)
挿　絵――**なま**
発　行――**プランタン出版**
発　売――**フランス書院**
〒102-0072　東京都千代田区飯田橋3-3-1
電話(営業)03-5226-5744
　　(編集)03-5226-5742
印　刷――誠宏印刷
製　本――若林製本工場

ISBN978-4-8296-8385-9 C0193